I0561492

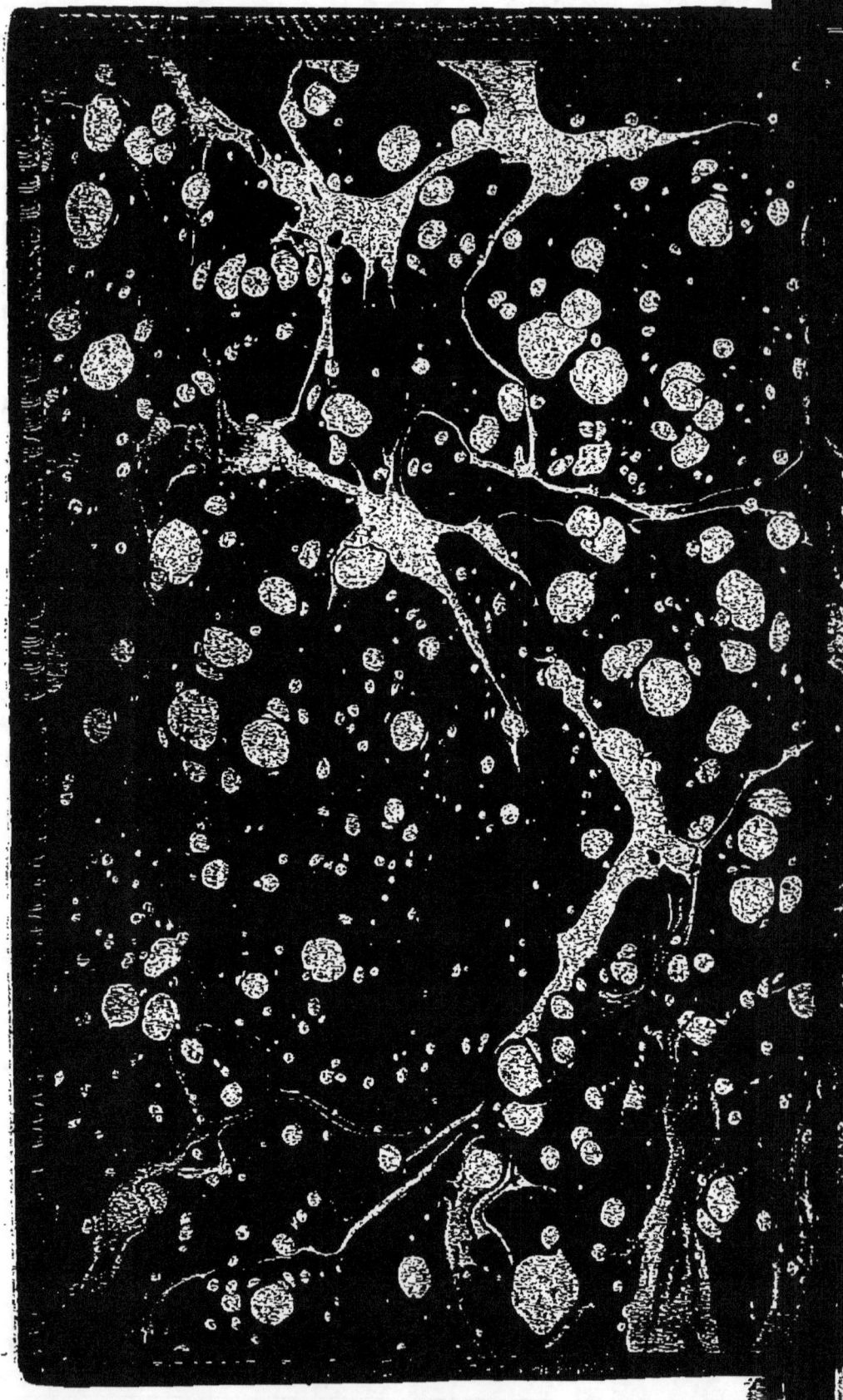

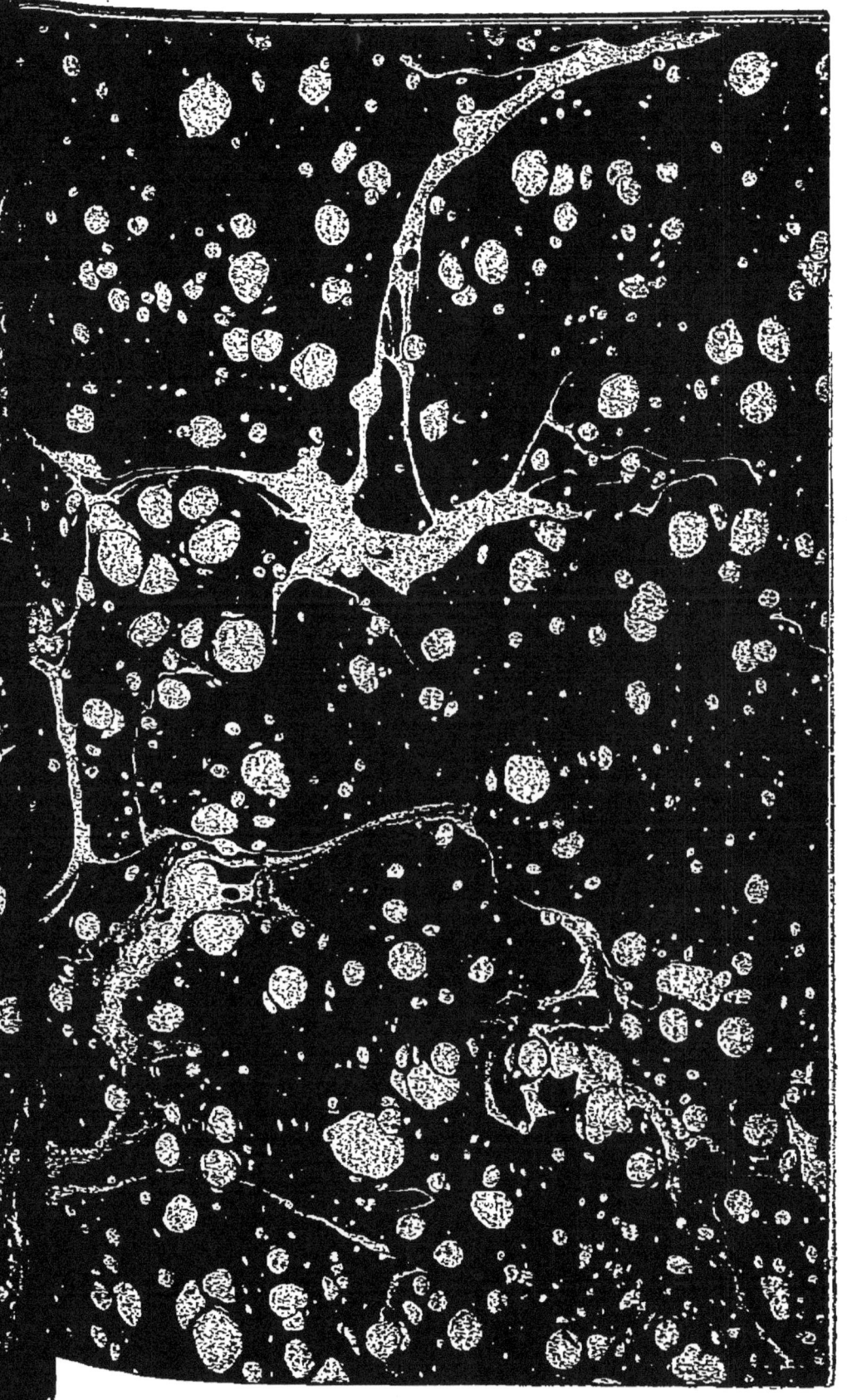

N 8/3

Bureau d'Agence et de Placemens.

Page 6.

LES FRIPONNERIES

DE LONDRES

MISES AU JOUR.

OU

PUBLICATION des artifices, tours d'adresse; ruses et scélératesses employés journellement dans cette grande ville et autres.

SUIVIES de remarques curieuses, d'anecdotes piquantes et intéressantes sur Londres et ses habitans.

Ouvrage utile aux jeunes personnes des deux sexes, et aux étrangers ; leur indiquant les moyens de se garantir des piéges et fraudes des filous et escrocs, dont cette capitale abonde.

TRADUIT DE L'ANGLAIS.

PAR N. -L. PISSOT.

~~~~~~~~~~

A PARIS,

Chez { HÉNÉE , imprimeur, rue St.-André-des-Arcs, n.º 2.
DEMORAINE , imprimeur-libraire , rue du Petit-Pont, n°. 97.
PIGOREAU, libraire , place St.-Germain-l'Auxerrois, n.º 28.

AN XIII. — M. DCCCV.

AVERTISSEMENT.

LES descriptions et avis contenus dans cet ouvrage, sont donnés par une personne dont la famille a malheureusement été la victime des attraits, et embûches séduisans et funestes de la ville de Londres.

Si, d'après les principes d'une bonne éducation, une sœur abusée et un frère perdu de réputation, pour avoir été inconsidérément entraînés dans les intrigues et supercheries, agréables en apparence, mais dangereuses, dont cette capitale abonde, sont des motifs suffisans pour faire abhorrer et éviter les moyens infâmes que l'on emploie sans cesse pour tromper la jeunesse imprévoyante et crédule, l'auteur ne croit pas son travail tout à fait inutile.

Un homme ne peut pas prouver d'une manière plus sensible, l'intérêt qu'il prend à ses semblables, qu'en leur indiquant les routes dangereuses qui les mènent à leur perte, et en leur montrant celles qui les conduisent à la vertu et au bonheur.

Comme, dans un sens naturel, guider l'aveugle et instruire l'ignorant, sont des actes d'humanité sublimes et honorés; de même, dans un sens moral, montrer au confiant et à l'imprudent les piéges qui leur sont tendus, et dont ils éprouvent les conséquences les plus funestes, s'ils s'y laissent prendre, doit être regardé une grande preuve de bienveillance.

Un jeune homme élevé sous l'œil d'un tendre parent, accoutumé à une société raisonnable, honnête dans la conversation, s'attire ordinairement l'affection de ceux avec qui il vit; mais s'il n'a pas fréquenté le monde bruyant et trompeur, il est disposé à croire que les principes vertueux qui dirigent ses actions, doivent agir de même sur le reste des humains.

Quoique l'ignorance des diverses formes de fraudes et de supercheries pratiquées dans le spectacle mouvant de la ville, soit regardé comme faisant une partie du bonheur de la vie champêtre; cependant si la jeunesse inexpérimentée s'embarque dans ce labyrinthe de perplexité, sans avoir aucune direction pour éviter les détours dangereux qui la mènent à sa perte; assurément cette ignorance peut lui devenir fatale.

Le but de ce petit ouvrage est d'exposer à la vue des honnêtes personnes de Londres, des provinces, des campagnes et des pays étrangers, le tableau de la conduite infâme et méprisable que l'on exerce journellement dans cette capitale pour entraîner dans le déshonneur et dans la misère, la jeunesse innocente et imprudente, et porter la douleur et la mort dans le cœur de parens inconsolables.

L'auteur, pour rendre son ouvrage plus intelligible, a divisé en forme de chapitre les divers caractères vicieux et abominables des deux sexes, dans lesquels il donne le récit succinct de leurs pratiques exécrables, et auxquels il a ajouté des observations pour éviter leurs funestes effets.

Pour s'exempter de toute imputation injuste sur les faits circonstanciés et exacts de ces scènes horribles, il croit nécessaire d'informer ses lecteurs, qu'ils lui ont été communiqués par un frère infortuné qui a été acteur dans quelques-unes, et spectateur dans toutes.

Affecté du pouvoir de leurs effets affreux sur un parent si cher, et appréhendant le même sort pour ses compatriotes, il regarde comme un devoir d'humanité de découvrir les fraudes et scélératesses qui privent tant de personnes de leur réputation, et de leur subsistance.

En faveur de son intention, il espère qu'on lui pardonnera quelques négligences de style, d'autant qu'il n'a point écrit pour les critiques, mais pour les personnes honnêtes qui haïssent tout ce qui est infâme, et qui reçoivent avec plaisir les avis qu'on leur donne pour éviter tout ce qui est abominable et détestable.

Sans égard à la raillerie des esprits modernes et au sarcasme des libertins, il se croira amplement dédommagé de ses peines, si son travail présente les moyens heureux de découvrir et de détruire le vice, comme de protéger et de faire chérir la vertu.

LES FRIPONNERIES
DE LONDRES
MISES AU JOUR.

Les Glisseurs d'argent sur le pavé des rues.

LE rendez-vous de ces petites friponneries, est dans la partie la plus peuplée de la ville, comme Moorfields, Covent-Garden et autres lieux publics, entre Westminster-Hall et Temple-Bar, surtout les deux premiers. Il est rare qu'un étranger qui passe par un de ces endroits, ne soit accosté par un parti de ces fripons. Voici la manière dout ils s'y prennent. Pour faire, comme ils le disent, leur dupe; ils s'associent trois ensemble. L'un remplit le personnage d'un négociant, l'autre d'un étranger, et le troi-

I

sième d'un marchand. Dès qu'ils apper-
çoivent une personne peu au fait des usages de la capitale, un des trois associés
marche directement devant elle, un
autre la suit par derrière, jusqu'à ce
qu'ils soient arrivés à un endroit
convenable à leur dessein. C'est alors
que le fripon qui est en tête, laisse tomber adroitement et sans bruit, une guinée à terre, et la ramassant aussitot:
« Ma foi, dit-il en se retournant vers
» l'étranger, je viens de trouver à cet
» endroit une pièce d'argent, je pense
» que c'est une guinée ». Si l'associé
qui est à l'arrière-garde, remarque que
cette personne est insensible à ce gain,
il s'avance promptement et réclame la
moitié de ce que l'autre vient de ramasser. Après une courte et feinte contes-
tation entre les deux fourbes. Le premier dit : « Si quelqu'un a droit au par-
» tage, c'est assurément cette personne
» qui, avant vous, m'a vu ramasser

» cette pièce ; mais pour prévenir toute
» dispute, allons à la taverne, où nous
» dépenserons une partie de cet argent,
» et nous partagerons ensuite également
» ce qui restera ». Le troisième fripon,
qui les suit toujours de loin, observe
ce qui se passe, et fait attention à la
taverne dans laquelle ils se rendent, laquelle se trouve ordinairement être une
de celles qu'ils fréquentent d'habitude.
Quelques instans après qu'ils sont entrés,
il se présente avec une précipitation fu-
rieuse et un désordre supposé, se lamen-
tant sur la perte d'un billet de banque
qu'il croit, dit-il, avoir laissé tomber
dans cette salle, et à la même place où
ils boivent. Pour mieux donner un air
de vraisemblance à la supercherie, l'un
des deux fripons assis, glisse un faux billet
sous la table, que le troisième associé,
après avoir fait semblant de chercher,
ramasse aussitôt ; et en témoignage, dit-
il, de la joie qu'il éprouve d'avoir re-

trouvé son billet, il propose une pinte
et la fait apporter.

Dès que la conversation est bien en-
gagée, un des rusés personnages, avec un
air de surprise s'écrie : « Je crois aper-
cevoir un jeu de cartes ». Il se lève, va
à l'endroit où lui-même l'avait caché
auparavant. « Parbleu, dit-il, Messieurs,
» puisque le hasard me procure ce jeu
» de cartes, je vais vous montrer un
» tour très-adroit que l'on m'a appris
» il y a quelques jours ». Pour ne point
donner de soupçons à l'étranger, ils
commencent d'abord par faire des tours
ordinaires; ensuite le plus rusé s'em-
pare entièrement du jeu, tandis que
les deux autres, pendant ce tems là,
font des paris dans la vue d'exciter
l'étranger à suivre leur exemple. S'il
ne se laisse point prendre à cette four-
berie, ils essayent alors de le tromper
par de faux dés ou par vingt moyens

différens qu'ils sont toujours prêts à employer dans de pareilles circonstances. S'ils ne peuvent enfin parvenir à le duper, ils finissent par lui chercher dispute; ils le terrassent, le volent et s'en vont avant qu'il ait le tems de se reconnaître.

Directeurs de Bureaux d'Agence et de Placemens.

IL n'y a point, dans cette ville, de fraudes plus sensibles que celles pratiquées dans la plupart de ces bureaux. Il sont généralement tenus par des personnes entièrement ignorantes, ou par des personnes de distinction ruinées, dont la seule recommandation consiste dans un habillement très-ordinaire, une perruque poudrée et une effronterie consommée.

Les fenêtres de ces bureaux sont toujours tapissées d'affiches de demandes factices, dans le dessein de mieux en imposer par cette parade d'affaires.

Dès que vous vous présentez dans ces bureaux, le registre est aussitôt ouvert, votre nom inséré, votre schelling reçu, et vous devenez un candidat pour une

plaee d'un profit considérable relative-
ment à votre capacité : car ces Messieurs
vous expédient avec une prévenance,
une honnêteté et une célérité inimagi-
nables. Demandez-vous un bon domestique ? c'est toujours un sujet fidèle et
adroit que vous aurez. Désirez--vous
emprunter de l'argent sur un bien ou sur
toutes sortes de marchandises ou effets
quelconques ? ces zélés Directeurs se
chargent de vous aboucher avec quelqu'un qui avancera la somme à un intérêt modique ou prix modéré. Les
promesses ne leur coûtent point ; obliger
et être utiles voilà leur mot.

Telle est l'existence de ces hommes
qui, en dupant les maîtres, les domesti-
ques et toutes les personnes qui s'adressent à eux avec confiance, feignent
de faire pour vous ce qu'ils ne feraient
point pour les autres ; ils vous promet-
tent ce qu'ils sont assurés de ne jamais
effectuer. Vous plaignez--vous de leur

négligence ? ils trouvent toujours des excuses plausibles, et en vous renouvellant leurs protestations de zèle et de service, ils ont encore l'adresse de vous soutirer quelques schellings de plus, sans pouvoir rien obtenir d'eux.

Il est prouvé que plusieurs personnes innocentes doivent la perte de leur honneur et de leur réputation à la fraude combinée de ces Bureaux. Les Directrices de maisons de libertinage, par le secours du registre et l'acord de ces gens déhontés, s'y procurent de jeunes et jolies filles de campagnes, qu'elles engagent à leur service sous des conditions agréables et flatteuses.

Escrocs de Biens et d'Héritages.

Ce sont des fripons rampans et méprisables, capables de toute action basse
et servile, comme l'insinuation, la flat-
terie, l'hypocrisie, la dissimulation. Toutes les fourberies et les scélératesses s'u-
nissent dans leur âme abjecte; et ils sont
toujours disposés à exécuter leurs projets
abominables, n'importe le malheur qui
en doit résulter, pourvu qu'il tourne à
leur avantage. Leur emploi ordinaire,
est d'étudier le caractère et les dispositions des jeunes gens riches, et qui ont
des prétentions; de les unir, par des liens
honteux et inégaux, à des personnes
débauchées, qu'ils font passer pour des
demoiselles honnêtes et jouissant d'une
grande fortune. Ils mettent tant d'art
et d'habileté dans l'exécution de leurs
projets, qu'il est presqu'impossible, lors-

que l'on est tombé une fois dans leurs
filets, de s'en retirer sans être totalement
ruiné. Ceux qui malheureusement se laissent prendre à leurs insinuations perfides,
et forment de pareille union, sous l'apparence hypocrite d'une véritable honnêteté et sincérité, attirent sur eux l'igno-
minie générale. Si, contre l'attente de
ces fripons, vous n'embrassez point le
parti qu'ils vous offrent; ils s'efforcent
alors de vous duper par l'appas d'entre-
prises et de projets chimériques, qui, si
vous les exécutez, vous mettent bientôt
dans la gêne, et emportent votre avoir;
heureux si vous n'engagez point, par des
obligations, vos espérances à venir. La
vie entière de ses fripons, est une scène
continuelle de scélératesses combinées;
leur commerce est de tromper et d'attraper. Leur subsistance est fondée sur
la fraude; enfin, on doit les regarder
et les éviter comme des serpens cachés
sous les fleurs.

Vendeurs à l'Encan.

La crédulité et la vanité ont déterminée ces vendeurs à former ces sortes d'établissemens, qui, sous l'apparence de la bonne foi, couvre mieux leurs artifices. Ces vendeurs sont généralement entre eux des associés qui, ayant renoncé à l'honneur et à la modestie, et ayant dissipé leur patrimoine, se servent de cet infâme expédient pour vivre.

Les avertissemens qu'ils publient, des ventes à l'encan qu'ils font journellement, annoncent toujours le nom de personnes qui n'existent pas.

Ils ont des boutiques où ils déposent les effets et marchandises de toute espèce qui sont à vendre, et qui d'ordinaire sont presque toujours remplis de défauts. Ils ont trois ou quatre compère, hommes et femmes, qui, de concert avec eux, et pour donner du crédit à leur vente, poussent l'un et l'autre, et par cette manigance anime les étrangers à couvrir les enchères.

Celui qui vend, commence d'abord par mettre sur la table une partie des objets à vendre; ensuite il annonce. Si, par exemple, c'est une montre d'argent, il s'étend sur son excellence, faite, dit-il, par un artiste habile; il la met donc sur la table, au prix modéré de deux livres sterlings dix schellings, (environ 60 fr. de France).

Pour s'attirer des chalans, ils font passer la montre de main en main, devant la compagnie qui, la plupart du tems, ne consiste que des compères et des commères. L'un fait premièrement son offre, un autre pousse sur lui, un troisième renchérit, de manière que l'enchère se poursuit entre eux, avec beaucoup de vivacité et de chaleur.

Le bruit qu'ils font ne manque pas d'exciter la curiosité des passans; la foule augmente en raison du fracas, et si malheureusement il se présente un novice qui couvre l'enchère, alors celui qui vend et qui étudie les mouvemens de l'étranger, a soin de le rendre en peu d'instans l'acquéreur de l'objet, évitant avec circonspection d'en retarder l'adjudication.

La même manœuvre est employée pour les autres objets. C'est de cette manière que celui qui n'a pas d'expérience, se trouve la dupe de ces ventes, frauduleuses.

Les Embaucheurs de Jeunes Gens.

Ce sont des fainéans vagabonds de mauvaise réputation, qui sont employés à tromper les jeunes gens crédules et simples, pour les faire entrer au service des vaisseaux marchands, ou, si l'on est en guerre, au service des armées de mer et de terre. Ils fréquentent les maisons de nuit, les cabarets à bierre et les faubourgs de la ville. Leur méthode ordinaire, est d'accoster un jeune homme en le saluant d'une manière amicale, et, s'il leur est possible, de l'entraîner dans un cabaret; s'il se rend à leur invitation, ils s'empressent de le faire bien boire; et quand ils voyent l'occasion favorable, alors ils le questionnent sur le tems de son arrivée dans la ville, sur la profes- qu'il fait ou qu'il se propose d'embras- ser. Si le jeune homme n'a point été élevé pour le commerce, ils lui vantent la supériorité de la vie militaire, qui suivant eux, est la route qui conduit aux honneurs et à la fortune. Si le jeune homme leur confie qu'il cherche à entrer en condition, ils l'assurent de lui procurer une place convenable à ses talens, et exempte de l'occupation basse et servile de la vie domestique. Il se trouve toujours, dans les endroits des rendez-vous de ces embaucheurs, deux ou trois de leurs camarades portant l'uniforme de sergent, qui, dans ses sortes d'occasions, se mêlent de la conversation, parle de leur prompt avancement, et disent au jeune homme, qu'il ne doit pas douter d'obtenir comme eux un pareil grade en très-peu de tems. Dès qu'ils voyent que la tête du jeune homme est prise, soit du vin, de la bierre ou de la liqueur qu'ils lui font prendre, ils lui glissent de l'argent dans sa poche; et au bout d'une heure ou deux ils le saluent en-

suite du nom de frère, camarade de leur
corps. Si le malheureux montre de la
surprise à cette salutation étrange, et
se récrie sur cette supercherie infâme,
les embaucheurs ne manquent pas de
faire à leurs compagnons, des reproches
de leur tour abominable; mais les enrôleurs excusent la légitimité de leur
engagement par l'acceptation de l'argent donné à cet effet. Le jeune homme,
surpris de ce propos, met la main dans
sa poche, il y trouve effectivement la
somme accusée par ces vagabonds, et
il reste stupéfait d'étonnement. Enfin,
lorsque la boisson a bien opérée sur la
victime, ces embaucheurs lui escamot-
tent son argent, le transportent sur un
lit, l'enferment dans la chambre où ils
l'on transporté, et l'abandonnent aux
réflexions du lendemain.

Le lecteur peut aisément concevoir
la consternation de l'honnête jeune
homme, quand, à son réveil dans cet

infâme lieu, il voit une cocarde à son chapeau. En vain il implore la misericorde des enrôleurs qui viennent le chercher, et qui, pour toute réponse, lui disent, que c'est par un acte libre de sa volonté. Si le malheureux montre le désir de vouloir s'affranchir de cette obligation, ils lui observent que c'est de sa générosité que dépend le service qu'il demande ; ainsi le pauvre infortuné se voit forcé de servir (ce qui n'est pas pour lui la chose la plus agréable), où contraint d'acheter sa délivrance par une forte somme extorquée par la scélératesse la plus abominable.

Voilà la méthode ordinaire qu'employent ces embaucheurs, dont la conséquence générale de leurs détestables ruses, est de tirer un parti avantageux de la crédulité de la jeunesse inexpérimentée.

Le moyen de ne pas tomber dans leurs piéges, c'est d'observer que le plus

grand nombre de ces hommes pernicieux, portent l'habit d'officier; qu'ils
se tiennent toujours à la porte des caba-
rêts, afin d'être plus à portée d'accoster les passans, et, par leurs propos
adroits, de les engager à entrer dans ces
maisons, où leur principal chef est toujours disposé à les bien recevoir.

Voleurs de poches.

Cette canaille de filous est adonnée, dès la plus tendre enfance, à cet art abominable, qui consiste à piller ce que l'on a dans les poches, où ce que l'on porte sur soi. Le principal refuge de ces voleurs, est dans Black-Boi-Alley, les bâtimens abandonnés par vétusté, qui sont situés aux environs de Chick-Lane et autres endroits semblables. Ils saisissent les occasions de fêtes publiques, les marches solennelles, les spectacles extraordinaires, etc. pour agir. Ils vont ordinairement en société composée d'un homme, d'une femme et d'enfans des deux sexes, dont chacun a son département. Leur genre d'opérer se fait de cette manière: quand ils sont dans la foule, ils affectent le désir de vouloir en sortir; en conséquence, l'homme pousse une

personne que, d'un coup-d'œil d'intelligence, il désigne à ses complices; alors
le petit garçon, ou la petite fille, profite
de ce moment pour lui enlever ce qu'elle
a sur elle, soit argent, montre, bijoux,
billets de banque, et passe aussitôt à la
femme l'objet de leur vol; ensuite ils
se sauvent sous une voiture, lorsqu'il
s'en rencontre à leur portée. Ils se rendent également dans les endroits du
Culte Divin, qui sont ordinairement fréquentés par une multitude considérable
de personnes, qui viennent y entendre
un Prédicateur de renom; c'est dans
ces endroits qu'ils font ordinairement
leurs meilleurs coups. En général, ils se
trouvent toujours dans tous les lieux où
il y a concours de monde. Il est très-
difficile de se garantir de leurs filouteries,
parce qu'ils sont en trop grand nombre, et que vous êtes perpétuellement
environnés de ces fripons.

Les Dévaliseurs dans les rues.

Ils sont toujours deux ou trois fripons intéressés dans cette supercherie, qui ordinairement ne se fait que la nuit. Voici la marche de leur opération : l'un avance d'un côté de la rue, et l'autre de l'autre. Lorsqu'ils voient un campa-guard chargé d'un porte-manteau, d'une caisse ou d'un paquet, ils le suivent jusqu'à ce qu'il s'arrête pour se reposer. Alors l'un d'eux l'aborde en lui disant : « Je vous donnerai un schelling, si vous voulez porter cette lettre à cette maison que vous voyez à deux pas; j'ai des raisons pour ne pas m'y présenter ; obligez-moi d'y aller tout de suite ». Si le porteur, assuré par ce gain, se charge de la commission, tandis qu'il trotte, les fripons s'emparent du fardeau sans attendre son retour ; mais si le

campagnard ne s'arrête pas, l'un d'eux
le joint, lie conversation avec lui et lui
demande où il va; s'il en obtint les renseignemens qu'il désire, il en fait part
aussitôt à son associé qui, étant bien
habillé, prend les devans pour aller à
la maison où le campagnard se rend, et
qui, quand il le voit tout près de la porte,
se présente à lui en lui criant : « Pourquoi
il a été si longtems en route? En disant
ces mots il le débarasse de son fardeau,
qu'il remet à un autre de ses associés,
qui l'a accompagné dans son dessein.
Après quoi, il demande au porteur la
monnaie d'une guinée, que le pauvre
diable, comme on le présume, n'est pas
dans la passe de changer; alors il lui
dit d'aller l'attendre à la taverne voisine,
où il va le rejoindre pour le payer et
le régaler d'un pot de bierre : tandis qu'il s'y rend, les fripons décampent
a¹ grand étonnement du campagnard.

Lorsqu'ils voient un provincial avec

un paquet, demander son chemin, ils l'accompagnent dans le dessein de le lui montrer; et pour le soulager de la fatigue du fardeau, ils font offre de porter son paquet. S'il a la bonhommie de les en charger; alors un de ces fripons prend avec lui les devants, et, pendant la route, s'occupe de différentes choses; tandis que celui qui porte le paquet gagne une cour ou une allée; de manière que le confiant provincial se trouve ainsi la dupe de leur filouterie.

Chevaliers d'Industrie.

La plupart de ces chevaliers sont d'une naissance honorable ; ils ont reçu une assez bonne éducation, et se montrent toujours sous l'apparence la plus décente. Ils se font passer pour des gentils-hommes jouissant d'un revenu considérable, quoiqu'ils aient, par leur conduite vicieuse, dissipé leur fortune et perdu leur réputation. Ils s'occupent à se lier avec de jeunes héritiers imprudens, qui, ayant quitté leur habitation rustique pour se montrer dans la capitale et y jouir des agrémens et des plaisirs qu'elle procure, recherchent la compagnie des personnes qui, conformément au dire général, connaissent les usages du beau monde. Ils fréquentent ordinairement les salles de billard, les combats de coqs, les courses, les jeux de paume

paume et de boule; jeux dans lesquels ils
ont appris à acquérir de l'adresse, de l'habileté et de la ruse à leurs propres dépens.

Ayant donc été, comme ils l'a-
vouent eux mêmes, les victimes de ces
sortes de jeux, ils s'imaginent avoir le
droit de faire des dupes à leur tour; telle
est leur abominable maxime. La pratique constante de ces jeux, leur fait distinguer, du premier coup-d'œil, le joueur
de l'inexpérimenté. Dès qu'une personne qu'ils jugent inhabile, se présente dans
ces endroits, ils la cajolent, si bien par
leurs propos flatteurs, qu'avant qu'elle
sorte de ces lieux, ils trouvent les
moyens de la dévaliser de son avoir. Ces
chevaliers d'industrie sont si trompeurs,
que, sous le masque de l'amitié et par
leurs mesures adroites, ils ruinent l'homme honnête et confiant, et partagent
avec leurs viles associés le produit de leur
supercherie.

Si vous hazardez un pari avec un de

B

ces chevaliers, comme la fraude est sa qualité personnelle, vous n'avez pas pour vous la chance aveugle, car il a toujours pour lui une si grande combinaison d'impostures, de ruses et tours d'adresse, que le bonheur ne suffirait pas pour vous garantir de ses supercheries. Si même vous étiez en quelque sorte plus fort que lui, il trouverait alors les moyens, soit en favorisant votre jeu ou en éludant votre inspection, de frustrer votre point et d'amener le sien.

Il vous entraînera de tems en tems, soit dans un jeu soit dans un autre, où il se trouve perpétuellement de leurs sectateurs aussi consommés que lui en dissimulation; et il ne vous abandonnera pas qu'il ne vous ait galamment dépossédé de ce que vous avez; c'est alors qu'il vous traite avec autant d'indifférence qu'il affectait d'abord de respect pour votre personne. Lorsque vous ne pouvez plus remplir les desseins iniques de ces che valiers, non-seulement ils vous fuyent, mais ils font des railleries sur votre inexpérience et votre crédulité. A considérer le caractère d'un chevalier d'industrie, il supplée à ses besoins en étudiant et pratiquant tous les moyens qui peuvent tromper le confiant, amorcer l'inexpérimenté et attraper l'imbécille. Sa conscience est, pour ainsi dire, à l'épreuve des reproches; il n'a d'égards pour les lois divines et humaines, qu'autant qu'elles sont consistantes à sa sûreté : il est si absorbé dans le vice, qu'il n'est susceptible d'aucun sentiment honorable. Si quelques-uns se comportent envers vous avec une honnêteté extraordinaire, croyez que, leur étant étranger, ils n'ont d'autre désir de rechercher votre connaissance que pour satisfaire leurs projets infâmes et intéressés.

Les Escrocs de Jeux.

Quoique ces escrocs soient regardés comme des chevaliers d'industrie, nous croyons cependant nécessaire de les considérer séparément, afin de découvrir à nos honnêtes lecteurs les différentes supercheries et ressources dont se servent ces fripons pour les tromper; d'autant que la plupart des jeux sont réputés un objet de délassement et de récréation pour toutes personnes quelconque. Nous allons donc commencer nos observations et remarques par le divertisement du matin, qui est celui du jeu de paume.

Le jeu de paume est un divertissement adroit et agréable dont l'exercice est jugé convenable à la santé, mais qui exige une pratique constante pour pouvoir y être habile. Il est malheureusement, comme nous allons le prouver, devenu un objet de spéculation frauduleuse, dont les escrocs savent tirer un parti avantageux.

Si un étranger, attiré par la curiosité, entre dans un jeu de paume et se place dans la galerie, qui est l'endroit où se rassemblent les escrocs, alors quelques membres de la société l'interroge, pour connaître s'il a des notions sur le jeu; et d'après son ignorance, et le mot donné entre eux, deux ou trois des plus experts de leur bande, abordent l'étranger dans le dessein, comme ils le lui donnent à entendre, de le mettre au fait des règles du jeu. S'il prête l'oreille à leurs discours perfides, ils lui insinuent que ce jeu est une véritable loterie où l'on peut, par des paris, hazarder son argent pour l'un ou l'autre côté, les joueurs étant de force égale. Si malheureusement il se laisse entraîner par leurs artifices, ces fripons lui laissent d'abord gagner deux ou trois guinées , ce qui l'engage à poursuivre les enjeux. La partie achevée, on en recommence une autre ; alors l'étranger, amorcé par le gain qu'il vient de faire, croit que cette nouvelle lui sera aussi avantageuse que la précédente ; il parie de nouveau avec d'autant plus de confiance , que les spectateurs lui confirment encore que la partie est égale entre les joueurs, qu'il n'a aucun doute de leurs supercheries et qu'il a l'offre du choix de l'un ou l'autre côté. Alors les escrocs donnent le signal convenu aux joueurs, qui en conséquence dirigent leurs coups. La partie achevée, laquelle paraît ordinairement être exécutée avec vigueur et égalité d'adresse de la part des joueurs, les escrocs font semblant de se disputer sur les avantages; il n'y a, dans cette querelle supposée, que l'étranger qui soit la dupe du jeu; ils le rassurent sur la chance suivante, en lui disant que

le malheur qu'il vient d'éprouver ne
pouvait être prévu; que d'ailleurs la
partie était si serrée qu'aucun des assistans ne pouvait deviner de quel côté
serait l'avantage. C'est de cette manière que l'étranger abusé se trouve engagé
de pari en pari; que passant ainsi de petites gageures à de plus fortes, ensuite à
de considérables, il devient la victime
de ces fripons, qui ne l'abandonnent pas
qu'ils ne l'ayent entièrement dépouillé
de ce qu'il possède. Combien d'escrocs
ne vivent que de ces sortes de paris : ils
ont, par une constante attention et une
étude suivie, acquis une telle connaissance de ces jeux, qu'il faut y être parfaitement versé pour ne pas être la dupe des
moyens subtils qu'ils employent pour
faire tourner les gageures à leur avantage.

Le jeu de boule, comme celui de la
paume, était autrefois un jeu d'agrément

pour les gens honnêtes , mais il est à présent devenu un commerce de fourberies et de ruses. Si ceux qui vivent de ce jeu, peuvent engager une personne quelconque, fût-elle le joueur de boule le plus habile, à faire une partie conjointement avec eux , ils inventent toutes sortes de moyens pour la duper. Les uns traversent à chaque instant le terrein du jeu , d'autres crient après elle, au moment où elle va jeter sa boule ; ou bien la déconcertent par de sots avis, pour l'empêcher d'ajuster son coup : un des compères prétend avoir gagé pour elle, et en conséquence l'étourdit pour jouer sur un faux terrein. Mais si ces ruses ne réussissent pas, et que la personne soit maître du jeu, il se trouve alors un des compagnons de ces filous, qui vient réclamer les boules qui sont dans les mains du gagnant ; cette réclamation supposée, fournit l'occasion de lui échanger les siennes contre de plus légères, de mal tournées, de che- villées ou de plus lourdes.

Les combats de coqs ; quoiqu'ils soient, par une ancienne coutume, mis en pratique par les nobles et les gentils- hommes de ce royaume, n'en sont pas moins des divertissemens scandaleux et barbares, qui déshonorent l'humanité. Ces scènes cruelles sont toujours fré- quentées par les escrocs les plus notoires, qui vous entraînent par leurs astucieux discours, dans des paris qui ne sont ja- mais à votre avantage.

Les courses de chevaux, au premier coup-d'œil, peuvent être considérées com- me l'amusement des gentilhommes de cam- pagne; mais ce divertissement est devenu une pépinière de ruses, auxquelles le plus grand nombre de ces nobles sont entiè- rement étrangers. Dans ces parties, tou-

jours concertées d'avance, les escrocs
ont la précaution, par des voies illégi-
times, de s'assurer du gagnant, avant
que la course ne commence; d'après
cette certitude, ils établissent leurs supercheries. Ils commencent d'abord par
se rassembler, et sans avoir l'air de se
connaître, dans l'endroit de la course;
là, ils font beaucoup de fracas, parlent
avec enthousiasme de l'habileté et de
l'agilité des coureurs; ils paraissent plus
portés en faveur de tel ou tel cheval,
que pour les autres. Ces sortes de menées
leurs attirent ordinairement un grand
nombre d'auditeurs, parmi lesquels il
s'en trouvent toujours d'assez benins
pour soutenir les gageures.

Cependant lorsqu'il arrive que, dans
une de ces parties, le jugement seul doit
décider, tous les parieurs fripons demandent que l'argent des gageures soit
déposé; et ils s'entendent si bien, que
c'est toujours entre les mains d'un de

leurs sectateurs que le dépôt est confié.
Si la chance tourne en faveur de l'honnête parieur, alors le dépositaire s'es-
quive avec adresse. L'étranger voyant
son argent et son gain emportés, reste
immobile de surprise; les escrocs jurent
et feignent de se lamenter d'avoir mis
leur confiance dans un fripon. L'un
d'eux, affectant d'être piqué de cette
supercherie, demande à l'étranger dupé,
sa demeure, et lui promet avant peu de
lui donner des nouvelles du scélérat.
C'est ainsi qu'agissent ces filous.

Le Billard est un jeu agréable et
ingénieux, qui exige beaucoup d'adresse
et de pratique, mais qui, comme les
autres jeux, est aussi devenu un objet
de spéculation, d'intrigues et de ruses.
On peut affirmer qu'il y a plus de fainéans qui vivent du produit de ce jeu,
que des autres qui sont dans cette capitale : la raison en est évidente, c'est

qu'il est plus pratiqué, et que ceux qui y jouent depuis le matin jusqu'au soir, y font nécessairement de grands progrès, et y acquièrent la connaissance des supercheries et fraudes qui s'y exécutent perpétuellement.

Lorsqu'un étranger entre dans une salle de billard, tous les regards se portent aussitôt sur lui. S'il répond aux observations que les escrocs lui font sur la manière dont les joueurs exécutent leur partie, ils jugent à son parler, si c'est, suivant leur expression, un pigeon. Par pigeon, ils entendent un novice au jeu; un obstiné, un avantageux qui joue avec une personne qui lui est supérieure pour satisfaire sa vanité.

Lorsque ces escrocs ne peuvent pas engager un novice à faire une partie de billard, ils prennent alors, pour le duper, les mêmes moyens qu'ils employent au jeu de paume; c'est-à-dire, qu'ils l'amorcent par les paris, et lui en laissent

gagner trois ou quatre; mais lorsqu'ils
le voyent bien alluré par l'appas du gain,
ils tournent alors la chance en leur faveur, et le débarrassent honnêtement de
son argent. L'homme vain et obstiné les
sert mieux ordinairement dans leurs
supercheries, que le novice; car ces premiers, s'imaginant être très-habiles, parce
qu'ils ont été jugés tels par quelques
personnes, croyent aller de pair avec
les joueurs de la plus grande force; et pour
soutenir la réputation qu'on leur donne,
ils acceptent avec empressement les parties qu'on leur propose, et par ce ton
de présomption, deviennent des pigeons
pour les escrocs; parce que leur adresse dans ce jeu est le résultat de l'amusement et de la satisfaction qu'ils y trouvent,
et que le résultat de l'escroc est l'effet et
l'étude d'une pratique journalière qui
fait son unique subsistance.

Les maisons de jeux sont le repaire

de tous les escrocs, fripons et filous de tous les genres. Les supercheries et scélératesses sans nombre et les mieux combinées, y sont, par eux, développées d'une manière si subtile, que l'œil le plus clairvoyant n'a pas le tems de s'appercevoir de leurs ruses et de leurs fraudes. Semblable a Tantale, au milieu des flots d'or qui roulent perpétuellement sur le tapis verd, à l'instant où le joueur croit les saisir, il les voit s'échapper de ses mains pour passer dans celles de ces fripons. Malheur à quiconque met le pied dans ces demeures infernales, il y perd aussitôt sa fortune, son honneur et son existence ; je dis son existence, parce que le suicide est toujours le résultat des opérations infâmes de ces scélérats. Chaque jour nous offre des exemples de ces scènes terribles.

Les Parasites.

Ce sont des espèces de misérables in-
dolens qui, quoiqu'ils ne soient pas mé-
chans et dangéreux, n'en sont pas moins
fâcheux, impertinens et choquans pour
l'homme de sens. Ils se recommandent
aux personnes superficielles, sous l'apparence d'un homme versé dans la littérature, et ayant une connaissance du goût et
de la disposition de l'esprit des habitans
de la capitale. Par la propriété de ces
qualités, ils se croyent les égaux des
premiers gentilshommes du royaume ; et
sont toujours persuadés que leur mérite
doit fixer leur attention et faire rechercher leur compagnie. C'est beaucoup
lorsque, par leur impudence, ils ne deviennent pas familiers et insupportables.
Le fonds d'esprit de ces parasites, consiste généralement dans une où deux
chansons obscènes, dans quelques chan-

sons de toasts (de santé) ou de table , et dans une demi-douzaine de jeux de mots fades , dont ils vous gratifient perpétuellement les oreilles, jusqu'à ce qu'impatienté de les entendre, vous soyez obligé , pour vous débarrasser d'eux , de les quitter brusquement. La capitale abonde de ces bourdons ; vous ne pouvez pas entrer dans un endroit quelconque , que vous n'en soyez aussitôt entourré. Combien irraisonnable , je puis même ajouter combien honteux, de faire connaissance avec de tels personnages, libres dans leurs discours , et dont on ne peut tirer aucun profit utile en littérature. J'ai souvent remarqué, avec surprise , plusieurs de ces parasites avoir la prétention et l'orgueil de prendre le pas sur un gentilhomme de province, en être, ainsi que sa compagnie, prôné, courtisé, chéri au point d'écorniller, et, pour parler dans un sens littéral, de manger son revenu, et même de le ruiner.

Les Marchands Maraudeurs.

Ces enfans de rapine se tiennent ordinairement dans les places publiques.
Voici leur méthode de procéder: Quand
ils voyent passer un étranger, ils lui font
des signes; s'il leur demande ce qu'ils
lui veulent, ils l'informent qu'ils ont
différentes marchandises étrangères
qu'ils donnent à moitié moins de prix
qu'on ne les vend ; mais que ne pouvant
point les exposer sans risque, en raison
de leur prohibition, ils le prient de venir
les voir dans l'endroit où ils sont obligés
de les mettre à couvert des recherches.
Si l'étanger consent à les suivre, alors ils
le conduisent par de petites rues, des
ruelles, ou des sentiers détournés, à une
encoignure propreàleursdesseins.Arrivés
dans cette demeure, le marchand commence par montrer ses marchandises

qui consistent principalement en mou-
choirs, bas de soie et de coton, des
coupons de soie d'un goût ancien,
lesquels ont été volés, dérobés, etc. et
par conséquent achetés à bon compte ;
mais qu'il affirme avoir reçu de l'étranger et qu'il vend en raison de cette supercherie, le triple de leur valeur. Pour
allurer l'étranger et l'exciter à acheter,
arrive un des compères du marchand,
qui examine, se récrie sur la belle et
bonne qualité des objets, et feint de
prendre différens articles. Si l'étranger
a des soupçons de cette intelligence,
que sa lenteur à se décider indique
qu'il n'a pas la volonté d'acheter, ou
bien que les marchandises ne lui con-
viennent pas alors le marchand crie beaucoup contre lui de ce qu'il l'a dérangé
d'aussi loin et de ce qu'il lui a fait perdre
son tems en vain, tandis que, pendant
ce moment il aurait pû trouver un bon
chaland. Si l'étranger persiste à ne pas

vouloir des marchandises, alors le marchand l'intimide par ses menaces, et le force malgré lui d'acheter quelques objets. Si malheureusement l'étranger donne à changer, il ne reçoit point le surplus de ce qui lui revient de son achat; et il peut d'autant moins actionner le marchand en justice, qu'il a été amené dans cette maison de fraude, par des chemins qui lui sont entièrement inconnus, et dont il sort avec promptitude, dans la crainte qu'il ne lui en coûte le double. En bref, lorsque ces fripons marchands attirent une fois un étranger dans leurs griffes, il est rare qu'il leur échappe, sans qu'il lui en coûte beaucoup, soit en achetant de bon gré ou par force.

Les Observateurs des Voitures publiques arrivant dans la Capitale.

On voit, par l'énoncé de ce titre, qu'il est question des voyageurs qui sont dans ces voitures. Il y a un grand nombre de méprisables mercenaires des deux sexes, gagés par les séductrices de vertu, qui vont dans les auberges éloignées de quelques milles de la capitale, pour observer le nombre et l'état des voyageurs qui sont dans les voitures publiques arrivant dans cette ville. S'ils y remarquent une jeune personne, qu'ils jugent propre aux viles et infâmes projets de celles qui les employent, ils font attention à ses mouvemens ; si elle descend dans l'auberge où ils se trouvent pour s'y rafraîchir, ils tâchent de lier une conversation avec elle, afin de connaître le but de son voyage : s'ils réussissent dans ce premier

point, cette découverte leur fournit l'occasion de lui offrir les services qui sont
en leur pouvoir. Ce rôle abominable est
ordinairement rempli par des femmes
déshonorées qui, sous le masque de l'amitié
la plus désintéressée, sont capables de
tous les arts de séduction. Elles veulent,
disent-elles, garantir la jeunesse con-
fiante des dangers auxquels elle peut être
exposée dans une ville qui lui est étrangère. Guidées par ce seul motif, elles n'ont
d'autre but en les aidant de leurs avis
que de leur être utiles. Si leur hyprocri-
sie l'emporte, et que l'offre de leurs services soit acceptée, elles recommandent
la pauvre innocente à quelqu'infâme
patronne d'iniquités.

Je me rappelle l'aventure d'une jeune
et jolie personne qui, par cette supercherie abominable, perdit ainsi sa vertu,
le jour même de son arrivée dans la capitale. Elle était à peine descendue de la
voiture qu'elle fut aussitôt accostée par

une de ces séductrices, qui feignit l'avoir
vu à la campagne; à ce discours, la
jeune personne exprima sa surprise,
mais la complice de fornication affirma
la connaître très-parfaitement et insis-
ta pour qu'elle vint séjourner chez elle
jusqu'à ce qu'elle se fut pourvue d'un
logement convenable à son gré. La
jeune fille étonnée de l'offre de cette
femme et pressée par ses assistances
qu'elle accompagnait de larmes traitres-
ses qui, disait elle, étaient des preuves
convaincantes de la sincérité de ses senti-
mens, consentit à la suivre, et partit sous
l'auspice de cette conductrice pernicieuse.

Pendant la route, cette abominable
femme s'efforça, par son infâme hypocrisie, de s'attirer la confiance de
la jeune personne, qui, se reposant sur
les marques d'amitié qu'elle lui témoi-
gnait, la suivait sans crainte. Elles arri-
vèrent donc dans la fatale maison, qui
était située dans une petite rue conti-

gue à Bow-lane. A leur entrée, cette femme de débauche informa deux jeunes prostituées qu'elle avait depuis quelque tems chez elle, de la circonstance extraordinaire de sa rencontre, dit-elle, avec sa jeune amie de campagne, qui a bien voulu accepter pour quelques jours un logement chez elle.

La crainte d'encourir le déplaisir de cette femme, empêcha les deux filles de prévenir la jeune personne du séjour affreux dans lequel elle se trouvait; de manière que la supercherie fut conduite jusqu'à l'approche de la nuit : alors, un grave citoyen, d'après l'avis qui lui avait été envoyé, entra avec l'intrigante, en disant à la pauvre innocente qu'elle venait de lui procurer un mari opulent; mais que la noce ne devant se faire que dans quelques jours, en attendant cette époque, le même lit pouvait bien, pour cette nuit, les recevoir tous les deux.

A ce discours, l'étonnement de la fille abusée est inconcevable; elle tombe sur ses genoux, répand des larmes, et avec l'accent de la douleur la plus amère, elle la conjure de la laisser aller.

La scélérate endurcie, et insensible à cette scène de douleur, lui dit clairement que toute résistance était vaine; que si elle lui avait caché l'intérêt qu'elle avait pris à cette union, c'était le devoir d'une amie qui connaissait le vrai moyen de terminer ces sortes d'affaires. En proférant ces mots, elle la livra, malgré ses cris, ses pleurs, ses supplications, aux embrassemens de l'homme scélérat, à qui elle avait vendu sa vertu. La pauvre et malheureuse victime ne survécût pas longtems à son déshonneur.

Il y a aussi des devanceurs mâles, qui n'ont aucune relation avec les infâmes corruptrices dont nous venons de parler. Ce sont, en général, des hommes débiles.

débiles qui , fatigués des prostituées de la ville, cherchent à satisfaire leurs desirs libertins avec des jeunes et innocentes filles de campagne. Guidés par leur passion abominable, ils vont au-delà de quelques milles de Londres , pour observer les voyageurs des deux sexes qui sont dans les voitures publiques qu'ils rencontrent sur leur route. S'ils y remarquent une jeune personne qui leur convient , ils corrompent le conducteur, montent dans la voiture , et ont soin de se placer à côté de l'objet de leurs désirs. Ils entrent aussitôt en conversation , employent l'art de la séduction, dans lequel ils sont très-versés , et finissent presque toujours par entraîner dans la perdition ces personnes inexpérimentées , qui se repentent le reste de leur vie de les avoir écoutés.

Les Amis prétendus.

Cette ville abonde de ces personnages qui ne recherchent votre connaissance que pour mieux vous duper. Mais avant d'exposer à mes lecteurs, la perfidie cachée sous les dehors trompeurs et les feintes prétentions de l'amitié, je crois nécessaire de leur parler des qualités générales d'un faux ami, pour qu'ils puissent se tenir sur leurs gardes, et éviter les insinuations criminelles de ces hommes dangereux.

Quoique plusieurs personnes affirment que l'on peut connaître un fripon à ses regards, et que le visage est le miroir de l'âme, il n'en est pas moins vrai qu'il y a des hypocrites, qui ont assez d'art pour composer leur figure de manière que leurs traits représentent l'honnêteté la plus sincère, ou la stupidité la plus grande. Je distingue un fripon d'avec un faux ami, en ce que ceux à qui un fripon fait tort, ne sont pas ceux à qui il jure amitié, et qu'il trompe indistinctement toutes les personnes qui se trouvent dans son chemin : au lieu qu'un ami traître, malgré ses protestations les plus solennelles et ses engagemens les plus puissans, brise tous les liens, et, d'une manière évidente, fait voir son manque de conscience, d'honneur et d'honnêteté. Par l'atrocité de sa conduite, il surpasse d'autant le fripon, que le parjure et la trahison sont plus injurieux que la fraude; ses prétentions à l'amitié sont pour lui une combinaison de supercheries et de tromperies de tous les genres, dont il cherche à tirer, par la bassesse la plus infâme, un profit avantageux : par son déguisement, il prévient le soupçon de l'homme confiant et généreux, et le frappe sourdement.

Les méthodes que ces prétendus amis

employent pour s'insinuer auprès d'une
personne généreuse ou stupide , sont va-
riées. Ils ont, en général , une effronterie
consommée , qui est toujours accompa-
gnée d'une affectation de modestie sincère : ils ont le plus grand soin de composer,
suivant les occasions, leur maintien, afin
de mieux seconder leurs projets : ils feignent toujours de prendre le plus vif intérêt à ce qui vous regarde, et vous donnent
des avis que vous n'avez pas plutôt suivis ,
que la fatale expérience vous prouve
la fausseté de ces soi-disans amis.

Lorsque je fis mon entrée dans le
monde , ne connaissant point alors les
perfidie des hommes , j'écoutais les discours affables , les protestations vives
et les conseils cruels d'un de ces sé-
ducteurs ; devenant insensiblement plus
confiant avec lui, je l'informai de quelques particularités sur mon état; je
m'en rapportai à son opinion sur les
choses d'importance; à la fin, je for-

mai avec lui la liaison la plus intime.
Mais comme une inclination paresseuse
portait ce misérable à faire des dupes,
je fus en conséquence bientôt dépouillé de ma petite propriété; et mon ami
prétendu m'accabla, non-seulement des
injures les plus viles, mais j'eus encore
beaucoup de peine à me retirer du labyrinthe affreux dans lequel ce séduc-
teur abominable m'avait entraîné par
mon imprudente confiance dans ses avis.

Les Charlatans.

Il n'est point dans le monde, de villes où il y ait autant de charlatans qu'à Londres. Ce sont des hommes méprisables et arrogans, qui se servent du prétexte de soulager l'humanité, pour en imposer, et vendre leurs drogues qui sont plus pernicieuses qu'efficaces pour la santé. Ils prétendent avoir la connaissance la plus profonde de la médecine et de la chirurgie ; et cependant ils n'ont d'autre recommandation que l'effronterie la plus décidée. A les croire, leurs remèdes , toujours le fruit d'une longue expérience , guérissent toutes les maladies et infirmités quelconques, quelqu'invétérées qu'elles soient. Les avis dont ils inondent chaque jour la capitale, annoncent des garanties mal fondées des cures merveilleuses qu'ils ont faites.

Malheur à celui qui ajoute foi à la cé-
lébrité de leur art imposteur, il est sûr
de perdre bientôt, sans retirer aucun
soulagement de leurs remèdes, son argent; trop heureux lorsque leurs drogues
ne hâtent pas la ruine de sa santé. Leur
manière d'opérer n'indique que trop
bien leur ignorance et le but de leur
supercherie.

Lorsqu'une personne s'adresse à un
de ces empyriques, il l'interroge et
l'examine d'un ton doctoral. Pour qu'elle
prenne alors de la confiance en son art,
il lui donne à entendre que son état
est pire qu'elle ne se l'imagine ; qu'elle
ne prenne cependant aucune inquiétude;
et qu'en suivant exactement le remède
qu'il va lui ordonner, il garantit de
la guérir promptement et radicalement;
en proférant ces mots, il lui présente
une drogue de sa composition, avec
un avis qui indique la manière dont
elle doit en faire usage ; et après en

avoir reçu l'argent, car ces messieurs
ont grand soin de se faire payer d'a-
vance, il la renvoie en lui assignant
un rendez-vous à certain tems. Quand
la personne retourne au terme convenu,
le charlatan malgré les observations
de la malade, sur la continuation et
souvent sur l'augmentation de ses souf-
frances, la rassure par ses discours en-
joleurs, en lui disant de continuer le
même remède ; il la reçoit et la renvoie toujours de même, toutes les fois
qu'elle se présente chez lui, jusqu'à ce
qu'ennuyée de n'éprouver aucun soulagement dans son état, elle s'apperçoive enfin de la supercherie du médecin imposteur. La méthode ordinaire
de ces charlatans est d'amuser et de
cajoler leurs patiens aussi longtems
qu'ils le peuvent, afin de leur vendre
leurs drogues et leurs emplâtres, dont
ils retirent un profit considérable, au détriment de la santé.

Les Trompeurs des Coureurs de Filles,

Ces escrocs se servent de l'appui des filles prostituées enceintes, pour exercer leurs supercheries sur les personnes inconsidérées qui ont la faiblesse de fréquenter ces viles créatures. Voici la marche ordinaire de leurs opérations. Lorsque ces filous ont le bonheur d'avoir dans leur complot une fille prostituée enceinte, ils la conduisent, avec une sorte de triomphe, chez ses galants, et leur soutenant, avec une effronterie insigne, qu'ils sont le véritable père de l'enfant qui doit naître, ils les engagent à souscrire de bonne volonté, et par un acte légalisé, à l'entretien individuel de la mère et de l'enfant; ils poussent même l'audace jusqu'à appeler à partie les juges de la paroisse, pour les contraindre à remplir cette obligation. Les galants nient-ils la paternité? Alors la rusée coquine soutient son dire par serment, et ce serment, fait entre les mains des juges, les condamne. Ces filous sont toujours sûrs de leur opération ; ils affirment que la femme est honnête et qu'elle est l'épouse d'une personne considérée ; que vous lui devez, par votre séduction, une satisfaction honnête. Si vous n'entrez pas d'abord en arrangement avec eux, ils établissent alors leur action contre vous, et ont recours à l'appel des juges de paroisse. Ainsi celui qui se trouve dans un pareil cas, est très-embarrassé sur le parti qu'il doit prendre ; car s'il compose avec ces escrocs, il s'abandonne à leur discrétion, et se rend pour l'avenir dupe et sot de sa faiblesse : s'il conteste avec eux, il fait tort à sa réputation, attendu que ces fripons saisissent toutes les occasions favorables pour le dénigrer par-tout où il se présente ; de manière que cette fatale liaison devient souvent la cause de sa ruine.

Les Querelleurs ou Bretteurs.

Ce sont des hommes turbulens et libertins, qui s'étant rendus, par une complication d'actions vicieuses, indignes de la société honnête, vivent aux dépens des filles de joie. Leur rendez-vous est dans la demeure de ces prostituées. Ils mangent chez elles, les soutiennent dans leur négoce infâme, s'emparent quelquefois des contributions qu'elles imposent sur les personnes qui les visitent; insultent, bravent et dupent leurs chalands, suivant l'occasion. Si malheureusement vous entrez en conversation avec eux, ils vous entretiennent ordinairement de leurs horribles relations de meurtres et viols qu'ils ont commis, des combats qu'ils ont soutenus contre les sergens de nuit, les baillis et leurs recors, ainsi que d'autres mensonges romanesque. Si vous ajoutez foi à leurs faussetés, c'est beaucoup s'ils ne vous entraînent pas dans une querelle ou dans d'autres affaires fâcheuses dont vous avez beaucoup de peine à vous retirer, et dont ils se débarrassent toujours par un vil et honteux stratagême. Le point essentiel de la valeur et de la prouesse d'un querelleur dépend de son insolence, de son ignorance, et de ses juremens. Si vous le troublez de manière qu'il s'apperçoive que vous connaissez son caractère et son jeu, alors il vous cajole, et vous le traitez comme vous voulez. Cependant si vous le menacez de punir son insolence, il vous dira peut-être qu'il a, dans ce moment, un rendez-vous d'honneur qui l'empêche de répondre sur-le-champ à votre défi; mais malheur à vous s'écrie-t-il, lorsque cet engagement sera rempli.

Il y a deux sortes de querelleurs, ceux qui existent par les maisons de débauche, et ceux qui vivent aux dépens des femmes galantes en vogue.

Les maîtresses de ces abominables lieux de plaisir, se servent des premiers pour disposer les provinciaux et les étrangers qui viennent visiter leurs maisons, à satisfaire complaisamment à leurs demandes usurpatrices. S'ils trouvent l'imposition trop exhorbitante, alors un ou deux de ces messieurs se présentent à eux, leur conseillent de ne pas faire de bruit, de payer sur-le-champ ce qu'on exige; autrement qu'ils les y contraindront par des moyens violens. S'ils ne se laissent pas intimider par leurs discours, ils leur arrachent non-seulement de force tout ce qu'ils ont sur eux, mais ils les jettent à terre, les meurtrissent à coup de pied; heureux quand ils ne les traitent pas pires.

Ceux qui vivent aux dépens des femmes galantes en vogue, prennent le ton et les manières d'un homme de rang et et de fortune; ils marchent fièrement, et comme par hazard, à côté de ces

femmes ; et par cette allure, leur donnent, ainsi qu'à eux-mêmes, un air
d'importance. Cette supercherie porte
souvent le crédule à croire que la dame
n'accorde ses faveurs qu'à des gentilhommes, et qu'il ne doit songer à obtenir ses
bonnes grâces qu'en lui témoignant une
reconnaissance proportionnée à l'exté-
rieur opulent qu'elle affiche. Quand une
de ces dames a un galant, elle s'arrange
toujours de manière à introduire, dans
leurs parties, un de ces querelleurs, pour
le tromper soit dans le jeu de cartes ou
autres quelconques. Ils s'entendent si
bien entre eux, que, pour se servir de
leurs expressions, ils le plument en très-
peu de tems de tout ce qu'il possède.

Les Entremetteuses.

L'entremetteuse est une créature
infâme et pernicieuse au delà de toute
expression: c'est une misérable qui,
ayant perdu toute modestie et humanité,
est capable de toute action basse et in-
jurieuse envers la société, pour servir
ses projets infâmes. Les entremetteuses
tiennent généralement à leur compte un
certain nombre de filles débauchées. Elles
font aisément connaissance avec les personnes inexpérimentées, et les informent,
avec adresse, du genre de leur emploi.

Les principaux endroits où se rassemblent ces viles créatures, sont les salles
de spectacle, les cafés, les places publiques. Elles prennent, pour tromper,
différentes formes et agissent de différentes manières. Elles vous offrent la connaissance des femmes les plus aimables

et les plus agréables du monde ; tantôt, c'est une jeune et belle personne d'environ quatorze ans, vrai modèle d'innocence et de vertu ; une autrefois, c'en est une qui chante comme un ange, ou bien une qui danse supérieurement ; enfin, une qui a un esprit achevé, et dont on recherche la conversation.

Quand elles entendent parler d'une belle et jeune femme, il est inimaginable de concevoir les moyens, ruses et supercheries qu'elles employent pour en faire connaissance et la corrompre. Tromper et ruiner les hommes et les femmes, voilà toute leur affaire et occupation. Elles ont différens agens : ce sont de misérables mercenaires, qui parcourent la ville pour leur embaucher des personnes de l'un et l'autre sexe. Les jeunes filles de campagne qui veulent éviter leurs supercheries, ne doivent point écouter ceux qui les accostent dans les rues ou autres endroits quelconques ; elles doivent également

prendre garde à qui et dans quelle
maison elles s'adressent pour entrer en
condition, comme aussi de faire attention au caractère des personnes à qui
elles sont recommandées.

Les Filles de joie.

Il n'y a point de villes où il y ait autant de ces filles abandonnées au vice et à la débauche qu'à Londres. Celles de cette capitale sont d'autant plus dangereuses et pernicieuses, qu'elles ont en général une conversation agréable et séduisante, et ont reçu une assez bonne éducation ; mais elles joignent à leur infâme conduite, un défaut plus abominable encore, celui de voler. Voici la manière qu'elles emploient pour mettre à exécution leur dessein perfide : Elles vous engagent à venir avec elles dans les cafés, les tabagies et les cabarets ; et là, elles vous forcent à boire, avec tant d'art, que, dès que vous avez perdu la raison, elles saisissent cette occasion pour vous prendre adroitement votre argent, montre, bijoux, etc.,

et sortent ensuite sous un prétexte adroit.
C'est lorsque vous ne les voyez plus revenir que vous vous appercevez alors de
leur fraude. Les perquisitions que vous
faites à leur sujet sont vaines; les maîtres
de ces endroits étant toujours sensés ne
point les connaître. Malheur à quiconque
que se laisse séduire par ces syrènes,
il est toujours sûr d'être la dupe de sa
santé et de son avoir.

Les Diseurs de bonne aventure.

Ces messieurs, par les secours de l'astrologie, prétendent, avec impunité, à la prescience ou connaissance des évènemens futurs. Nous avons eu, à l'égard des prédictions astronomiques, des preuves multipliées de leur évidence; mais tout homme qui pense sagement, doit être convaincu de l'absurdité, comme de la présomption du mortel qui se persuade avoir une connaissance exacte de ce qui arrivera à un individu dans le cours d'une vie passagère et incertaine.

Telle est, en général, la crédulité humaine, que bien des personnes n'existent dans cette ville, comme dans tous les autres pays, que par leur adresse à piquer la curiosité des gens ignorans et simples.

Dans les campagnes, l'art mystérieux est pratiqué par des Bohémiennes, aux talens desquelles on s'adresse journellement.

Dans les villes, un petit nombre de professeurs connus, s'arrogent le secret surprenant de la prédiction, et leurs maisons sont autant fréquentées que celle d'un grand prince à son lever.

Là, se rendent une foule d'amans découragés, qui viennent s'assurer des affections de leurs maîtresses; de jeunes vierges, pour apprendre leur destinée future; la tendre mère, pour connaître la situation d'un enfant absent; le mari, pour découvrir sa femme qui lui est ravie.

Dans ces sanctuaires du destin, se trouvent journellement le crédule, le curieux, le désespéré, l'incertain.

A l'arrivée de ces chalands, on les fait entrer dans une salle destinée pour les recevoir; attendu que l'on ne peut être admis que seul dans le *sanctum sanctorum*, où réside ce prodige de science. Quand vous paraissez en sa présence, vous devez d'abord le saluer par un présent qui, si vous désirez avoir les plus petites particularités sur ce qui vous intéresse, doit être en proportion de l'importance de l'évènement, de votre sollicitude et de votre chagrin. Le savant alors, d'un air solennel, vous demande le sujet de votre enquête; dès que vous le lui avez appris, il garde quelques instans le silence, comme une personne qui réfléchit; ensuite il vous fait plusieurs autres questions de circonstances, et après avoir réfléchi de nouveau, il révèle enfin, avec l'air du philosophe le plus instruit et le plus profond, l'important secret au demandeur crédule, qui s'en retourne bien joyeux.

Les esprits de ces personnes sont tellement affectés des prédictions de monsieur l'infaillible qui, selon eux, doit avoir nécessairement une influence sur leur conduite future; que plusieurs de ces crédules ont été si énorgueillis de l'assurance d'un succès à venir, qu'ils sont devenus insolens dans leur état, et ont, par leur imagination exaltée, perdus leurs moyens d'existence. D'autres, abattus par des prédictions sinistres, se sont livrés à leur désespoir, et ont entièrement négligés les affaires de leur emploi et de leur rang.

Pour preuve de la crédulité humaine, je vais présenter à mes lecteurs des exemples singuliers de supercheries pratiquées avec succès par ces savans miraculeux.

Il y a dans cette ville un homme célèbre qui prétend prédire l'avenir, et qui s'est fait une si grande réputation parmi la classe la plus basse du peuple, qu'il a tous les matins quarante ou cinquante sots qui viennent le consulter; des filles pour savoir quand elles seront mariées; des femmes, dont les maris sont en mer

ou dans les colonies ; pour avoir des nouvelles de leur état et situation. Les uns
pour apprendre s'il seront heureux dans
leur mariage, voyage ou négoce ; d'autres pour obtenir des renseignemens sur
des effets volés.

Une femme mariée, ayant entendu
parler de ce diseur de bonne vérité, réso-
lut de juger par elle même si ses prétentions à la nécromancie étaient fausses, ou
ses admirateurs des sots. Elle se présente
donc chez l'oracle, et s'approchant du
fauteuil dans lequel siégeait l'infaillible,
elle lui dit, d'un ton respectueux,
qu'elle désirait apprendre de lui quand
la providence la pourvoirait d'un mari.
Le prophète, après avoir examiné la
physionomie et la paume de la main de
la dame, lui dit qu'elle ne pouvait pas
encore connaître l'homme qui lui était
destinée, mais qu'il l'assurait que, dans
peu de semaines, elle épouserait une
personne dont elle aurait trois enfans, et
que

que malheureusement elle perdrait : que cependant elle convoilerait en se- conde noces, et qu'avec ce nouveau mari elle vivrait très-heureuse et dans un âge très-avancé.

La dame alors fait voir à l'imposteur sa supercherie en lui déclarant qu'elle est mariée depuis neuf ans. Le prophète, sans se déconcerter, la prie de lui mon- trer encore sa main ; il l'examine et s'écrie : je me suis trop hâté dans mon jugement, je découvre maintenant que vous avez un mari ; mais c'est un homme si petit que j'ai eu beaucoup de difficultés à le discerner dans les signes de votre main. A cette exclamation qui, dans cette particularité se rencontrait juste, la dame éclate de rire, et se trouvant satisfaite de l'adresse du scientifique, s'en retourne convaincue dans son opinion, qu'il n'y avait dans son art prétendu que pure conjecture et sub- tilité.

4

Un gentilhomme de campagne ayant la plus grande foi à l'astrologie, eût recours à ce célèbre trompeur de planètes ; et ayant résolu d'hasarder de l'argent à la loterie, lui donna une guinée pour lui asigner à cet effet un jour heureux. L'imposteur après avoir mêlé un paquet de figures étranges pour étonner le demandeur, lui fixa enfin une époque certaine de son bonheur. Le gentilhomme tout joyeux, et d'après les assurances de ce docteur, acheta un billet de loterie qui, par le plus grand hasard, lui produisit cent livres sterlings. Ce bonheur inespéré augmenta sa confiance en ce prophète à qui il fit présent de dix guinées, en le priant de lui donner de nouveau un jour heureux, ce que fit le grand homme. Le jour fixé, le gentilhomme acheta dix billets ; mais à son grand mécontentement la chance ne lui fut pas favorable, il perdit ; il se mit alors à maudire et le philosophe et sa mauvaise étoile.

Il y a peu d'années que vivait dans le comté de Surry un fameux astrologue qui, pour mieux en imposer au peuple, avait placé dans son cabinet d'étude qui était au dernier étage de la maison, différentes cloches dont les cordes pendaient le long de la muraille jusqu'au bas de l'escalier dans des armoires qui les cachaient : l'une indiquait le mouton perdu ; une autre les vêtemens pris dans les champs ; une autre les chevaux volés, égarés ou perdus, qui étaient les choses principales qui attiraient le peuple chez lui.

Un boucher ayant perdu un mouton se rendit à la maison de l'astrologue; ayant donc informé le domestique de la nature de son affaire, celui-ci sonna la cloche du mouton; à ce signal, le docteur descendit, mit son bonnet fourré, et prenant sa contenance conjuratrice : Eh bien, mon ami, dit-il au boucher, je sais que vous avez perdu un mouton, vous

venez sansdoute m'en demander desnou-
velles : oui, nobles docteur, répliqua cet
homme: allons, reprit le grave personnage , entrez dans mon parloir, je vais vous
donner la satisfaction que vous désirez.
Le boucher le suivit; il avait avec lui
un chien qui, sans qu'on s'en fut apperçu,
s'était glissé sous un fauteuil. Le domestique qui, suivant l'usage s'était revêtu de la peau d'un taureau, attendait
qu'il fut sommé de paraître ; ce qui lui
étant ordonné par le conjurateur, il se
montra aussitôt. A sa vue le chien ,
le prenant pour un vrai taureau, se jetta
sur le collègue du docteur et le fit rugir
comme l'animal qu'il représentait ;
alors le devin entra en fureur et dit au
boucher avec colère; faites sortir votre
chien. Celui-ci ayant découvert la supercherie, lui répondit : non, en vérité,
docteur, je sais que mon chien est in-
capable de fuir, laissez les donc se
battre. Si vous voulez hasarder votre

diable, je hasarderai mon chien. Le docteur jugeant alors que le boucher était clairvoyant, et voulant empêcher la découverte de ses supercheries insignes, lui paya le prix de son mouton.

Un jeune gentilhomme devenu amoureux de la fille d'un riche marchand de Londres, désespéré de ne pouvoir, par la contrariété de leur parens respectifs, s'unir à elle, prit le parti de voyager. Après avoir parcouru différens pays, il passa à Hambourg où il se trouva être dans la compagnie d'un gentilhomme qui, en lui parlant de son frère qui demeurait à Londres, lui dit qu'il venait d'épouser depuis peu la fille de monsieur marchand dans la même ville. Ce gentilhomme entendant prononcer un nom qui était semblable à celui du père de sa première maîtresse, s'informa où demeurait cette personne nouvellement mariée. Après s'être assuré du nom de l'époux et de sa résidence, il se rendit sur le premier

vaisseau qui faisait voile pour l'Angleterre. Il ne fut pas plutôt arrivé à
Londres qu'il se rendit à la maison du
nouveau marié, et demandant à lui parler,
il apprit qu'il était à la campagne d'où
il ne reviendrait pas le même jour ; il
pria alors qu'on l'introduisit auprès de
la maîtresse de la maison, il lui fut donc
présenté ; mais la dame ne le remît pas,
parce que les marques de la petite vérole
avaient altéré les traits de sa figure. Il prit
le pretexte de lettres de recommandation
de son beau frère à Hambourg pour lui
demander la faveur d'entrer à son service.
La dame lui répliqua que son mari étant
absent elle ne pouvait pas lui donner de
réponse décisive, mais que néanmoins,
en attendant le retour de son époux, il
coucherait dans la maison.

A peine venait il de la remercier de
son accueil obligeant, et de lui offrir ses
services, que la dame, pour le congédier
sans souper, prétexta une indisposition ;

ce qu'ayant remarqué il la conjura de lui faire donner un peu de bierre. Quand la servante, d'après l'ordre de la maîtresse, fut sortie pour lui en aller chercher, il eut alors la facilité de regarder autour de lui, et il remarqua une table disposée pour un convive ; il conclut que cette préparation n'était pas pour le lendemain, mais bien pour quel qu'un qui le soir même devait en l'absence de l'époux prendre sa part du repas. Il se détermina alors à observer ce qui se passerait. Il fut bientôt convaincu de la réalité de ses soupçons. En effet quelques momens après, un jeune homme d'une agréable figure fut introduit; la dame le reçut avec les témoignages de l'amitié la plus flatteuse; ils se placèrent à table. A peine y étaient ils, qu'on entendit frapper à la porte; la servante accourut en désordre, prévenir que c'était Monsieur; ce retour inattendu les jetta dans une telle consternation, que si la maîtresse n'eût pas eu dans ces instant une présence d'esprit extraordinaire, ils auraient été surpris; faisant aussitôt entrer son amant, les mets, les bouteilles et la table, dans le cabinet voisin, elle se mit ensuite sur son lit de repos, tenant en ses mains un livre de prières.

Le mari, en entrant, dit à sa femme, qu'il avait été obligé de revenir, parce qu'il devait aller le lendemain à Gravesend, donner des ordres concernant la cargaison d'un navire; qu'ayant extrêmement faim, elle lui fit servir à souper: sa vertueuse dame lui répondit, que ne l'attendant pas, elle n'avait rien fait préparer.

L'étranger prit alors l'occasion de se montrer; le maître ayant demandé qui il était, la dame répondit qu'il avait des lettres de recommandation de son frère d'Hambourg, pour entrer à leur service. Alors le maître du lo-

gis l'interrogea sur ses talens. J'ai fait
mes études, lui dit le supposé domestique; j'ai obtenu des grades à l'uni-
versité: je sais très-bien écrire, et
j'entends parfaitement les calculs. Je
me suis occupé, pendant ma résidence
à Oxford, à étudier la nécromancie, et
cet art dans lequel j'excèle me fit
chasser de cette ville. Je puis exécuter
sans danger des choses merveilleuses;
je puis découvrir des ennemis secrets,
révéler des vols, faire retouver des
marchandises prises ou perdues. Je
souhaite donc, dit le gentilhomme,
puisque vous avez tant de pouvoir, que
vous me procuriez à l'instant un bon
souper, car j'ai un appétit dévorant. Je
vais combler votre désir, reprit le soi-
disant sorcier; en même tems il s'ap-
procha de la dame, la rassura en lui
disant qu'elle n'avait rien à appréhen-
der.

Le magicien commença ainsi son

enchantement : *Mephorbus ! Mephor-*
bus ! Mephorbus ! ô ! mon esprit fami-
lier, par trois fois je t'invoque; aide-
moi dans mes desseins et apporte tout
ce qui est nécessaire pour appaiser une
faim dévorante. Après avoir fait les
douze signes du zodiaque, et avoir mar-
motté quelques mots inintelligibles, il
garda le silence, et faisant semblant de
prêter l'oreille à son invocateur : tout
est disposé, s'écria t-il; alors il pria la
dame d'entrer dans le cabinet pour l'aider à apporter la table. A cette vue, le
maître de la maison resta stupéfait.
Lors donc qu'il eût soupé, il desira
savoir comment ces provisions étaient
parvenues dans le cabinet, vû qu'il n'a-
vait point entendu le moindre bruit.
Monsieur, dit le sorcier, elles y ont
été apportées par un lutin à mes ordres
que je vais vous faire voir si vous le jugez
à propos. Volontiers reprit le mari de la
dame, je serais bien aise de le remer-

cier de son bon service, car je tiens à
à l'ancien proverbe, qu'il faut donner
au diable son dû. Sur quoi l'étranger
renouvella ainsi son enchantement : *Mephorbus !* toi qui te cache ici, prends
une figure humaine, montre toi visible
à nos yeux, paraît dans l'habillement d'un
jeune gentilhomme, afin que tu puisses
plaire à cette dame. A ces paroles, le
jeune galant sortit du cabinet, et la
porte de la chambre lui ayant été ou-
verte à ce dessein, il la traversa en faisant une révérence, et gagna aussitôt
le chemin de la rue. Ainsi le maître du
logis étonné de ce qui venait de se passer
sous ces yeux, crut le supposé domestique
un vrai sorcier. Quant au gentilhomme,
il prit congé de la dame, après s'en être
fait connaître, se félicitant, d'après sa
conduite envers son mari, de ne l'avoir
pas épousé.

Les Voleurs de grands Chemins.

Ce sont en général des personnes qui ont été accoutumées à mener une vie extravagante avec des femmes débauchées, et ont de cette manière dissipé leur fortune. A leur mise on les prendrait pour des gentilshommes. Ils font connaissance avec les maîtres d'auberge, et les valets d'écurie, dont les habitations sont sur les grandes routes, pour avoir deux les renseignemens qu'il désirent. ils invitent presque toujours les maîtres d'auberge à boire avec eux, afin de savoir, dans le cours de la conversation, si les voyageurs qui sont descendus dans leur logis ont de l'argent ou des billets de banque; où ils vont aller, le chemin qu'ils vont prendre, et où ils doivent s'arrêter. quand ces messieurs arrivent dans une auberge, ils commencent pour demader une bouteille de vin ou

bol de punch ; après quoi, il s'adressent
à l'hôte, en lui disant : Eh! bien, monsieur
le maître, qu'avez vous à nous apprendre
de nouveau ? sur quoi l'hôte les informe
souvent sans dessein, qu'il a dans ce
moment telle et telle compagnie qui
lui ont fait part de différentes particularités qu'il répète s'il en a le tems. C'est
souvent, d'après ces renseignemens
que beaucoup de voyageurs sont pour-
suivis et arrêtés sur les routes, quoique
ces messieurs n'attendent pas ordinairement ces avis pour vous demander la
bourse : ces voleurs vous croisent avant
de vous faire leur compliment. Je conseille donc aux voyageurs de ne pas divul-
guer ce qu'ils ont sur eux et où ils vont à
aucun maitre d'auberge et valet d'écurie,
surtout dans le circuit de quarante
milles de Londres ; car ils publient toujours ce qu'ils peuvent savoir sur leur
compte.

FIN DES FRIPONNERIES DE LONDRES.

REMARQUES

Curieuses et Anecdotes piquantes et intéressantes sur Londres et ses habitans.

C'est avec raison que l'on a dépeint Londres comme un monde en lui-même, dans lequel on peut découvrir plus de nouveaux pays et de singularités surprenantes que dans l'univers entier.

On peut à bon droit, comparer cette ville à une grande forêt où des milliers de bêtes, également sauvages, errent à l'aventure et se détruisent mutuellement les unes les autres.

Elle abonde en sottises et extravagances, en tromperies et destructions, en bassesses, fraudes et impostures.

Envisagez-là depuis le palais jusqu'à la chaumière, vous verrez la plupart de ses habitans paraître en masque en plein jour, affectant d'être occupés pour le service de la société, mais favorisant servilement leur propres passions, comme si la supercherie était une vertu.

La splendeur de cette capitale, les équipages innombrables et les cortèges magnifiques que l'on y voit dans tous les endroits, sont des témoignages affligeans de la misère universelle d'une foule immense de peuple tourmenté par les angoisses de leurs fautes et folies, gémissant sous les besoins des nécessités de la vie; les uns préoccupés de leur oppression; d'autres furieux des pertes sensibles et irréparables de leur conscience, réputation ou fortune.

Enfin si un grand tableau pouvait offrir la véritable représentation de la tribue bigarrée qui paraît journellement dans cette scène d'action, on ne pourrait pas le regarder sans confusion et surprise. On y remarque un drame parfait de la vie humaine, un véritable portrait de la nature humaine et une peinture

frappante des hommes et des événe-
mens.

La cour est un abrégé de cette ville
aussi bien que du monde, et fournit des
exemples manifestes du pouvoir illégi-
time de l'orgueil, de l'ambition et de
l'avarice.

Les avenues qui y conduisent sont
agréables à l'aspect; toutes aboutissent
au même point, l'honneur et l'intérêt
propre.

Au premier coup-d'œil il semble qu'il
soit facile d'atteindre au but ; mais l'expérience n'a que trop prouvé qu'avant
de pouvoir arriver à la carrière désirée,
il faut traverser plusieurs sentiers détournés, parcourir des labyrinthes difficiles, étouffer des convictions justes et
injurieuses, et inventer et pratiquer
différens artifices.

A WESTMINSTER-HALL, vous en-
tendez des déclamations et des plaintes
effroyables sur la pénurie de l'argent et

sur les affaires; beaucoup de harangues inutiles. L'impudence et la facilité l'emportent sur la modestie et le bon sens et honorent les fripons, opprimant la personne honnête et sans appui.

Observez les zélateurs de la réligion, vous les verrez se portant une haine invétérée, se censurant les uns les autres sans pitié, et presque chaque parti dénonçant le reste.

Si l'on transporte un étranger d'un lieu d'action à un autre, ce changement excitera à-la-fois sa curiosité et sa surprise. S'il considère la robe vénérable du pouvoir, il sera disposé à respecter celui qui en est revêtu; mais s'il s'apperçoit que ce vêtement est le sanctuaire de l'iniquité, il encourrera son mépris.

Le PARC est renommé pour être le rendez-vous des damoiseaux, des spirituels et des élégantes qui s'y rassemblent pour voir et y être vûs, pour censurer et être censurés. Les dames pour montrer leur parure et ajustemens, fruits de tant de soins et de peines pris à leur toilette; les beaux pour exposer leur fatuité, observer les belles, et fixer un toast pour le soir. Là, chacun est curieux de voir ceux qui passent, et le plus grand nombre des spectateurs est aussi méchant que médisant.

Dans cet endroit de concours général, bien des gens se joignent souvent à la compagnie de ceux qu'ils méprisent ou haïssent; car on n'y recherche pas la la compagnie pour l'avantage et l'utilité de la conversation, mais on se recherche pour acquérir un dégré de confiance et prémunir les personnes contre les satyres et les réflexions malignes débitées, suivant l'usage ordinaire, dans cet endroit. On parle dans le dessein d'être remarqué de ceux qui passent, et c'est pour cette raison qu'on élève la voix, afin que ceux qui vous connaissent ne puissent pas vous voir sans vous faire une

révérence en passant. Dans ce séjour,
les dames qui, dans leur maison regarde-
raient comme une fatigue insupportable
d'aller d'un bout de leur chambre à une
autre, font dans la matinée, et avec toute
la promptitude imaginable, quatre à
cinq milles. Dans le MAIL, on observe un
petit maitre préoccupé, incertain pour
déterminer la compagnie qu'il joindra;
et pour éviter les conséquences funestes
d'un mauvais choix, employer autant
de précautions qu'en prennent de parens
prudens pour marier leur fille.

Le PARC est aussi le lieu de rassemble-
ment des usuriers qui s'appliquent à
trouver de jeunes prodigues avec qui ils
peuvent négocier à tant du cent, et
auxquels ils font des avances du tiers de
leur héritage qui, avec le tems, devient
leur patrimoine.

On y remarque également un nombre de jeunes demoiselles pimpantes qui
en se promenant vont à la quête d'une

dupe, d'un dîner ou d'une couronne
(six francs de France); plusieurs chevaliers d'industrie qui y viennent dans le
dessein de prendre dans leurs filets les
sots fortunés ou les gentilshommes inexpérimentés. En bref, le MAIL présente
une scène bigarrée de vanité, de folie
et de friponnerie, quoiqu'il puisse
fournir un objet d'agrément et de
récréation aux étrangers des deux sexes,
quand ils savent éviter les piéges et les
ruses dont ils sont entourrés.

Je conseille aux jeunes filles de campagne de ne point fréquenter ce lieu ni
aucun autre endroit public de la ville,
sans être accompagnées de personnes
honnêtes.

Les THÉATRES bien administrés sont
des endroits d'amusemens raisonnables
et d'instructions agréables; mais la
plupart sont dangereux par la complaisance intéressée des directeurs à satisfaire
le goût vicieux de la ville; je l'appelle

vicieux, parce que le peuple en général aime les obscénités, les farces et les opéras libres qui tendent à corrompre et à énerver les cœurs de la génération naissante.

C'est là où l'indolent, en s'étalant non-chalamment, passe le tems précieux de son existence ; le critique y vient pour favoriser sa présomption ; le fripon pour filouter ; le courtisan pour amorcer et attraper ; l'entremetteuse pour séduire ; les beaux et les belles pour voir, y être vus, et mutuellement captiver.

Dans cet abrégé du monde il y a quatre classes. La première est composée des personnes de qualité qui se placent dans les loges, quoique les sots et les fâcheux s'y introduisent souvent. La seconde classe, dont le département est le parterre, comprend les bourgeois et leurs épouses, les beaux esprits et les critiques, les filous et les courtisannes. La troisième occupe la galerie du milieu,

et est composée d'artisans et d'autres
états médiocres. La quatrième et dernière, comprend le rebut de la ville, et
est le foyer du tumulte, de l'imperti-
nence et du désordre.

Il y a tant dans le parterre que dans la
galerie du milieu, beaucoup de filles de
joie disposées à séduire quiconque a la
moindre apparence étrangère. Lorsqu'une personne paraît telle; une de ces
dames s'en approche avec une sorte
d'effronterie formelle, et d'aussi près
qu'il lui est possible; elle la fixe et commence son babil extravagant pour l'engager dans la conversation; si elle trouve
que ce soit un homme convenable à son
dessein et un chevalier loyal, elle prend
pour un moment et avec une civilité
adroite et insinuante congé de lui, pour
aller informer un de leurs parasites qui
sont toujours à leurs ordres. Elle revient
ensuite à sa place, et pour s'attirer jusqu'à
la fin de la pièce l'attention de son cheva-

lier, elle lui adresse souvent la parole, et prend même avec lui le ton de la familiarité. Lorsque le spectacle est achevé, elle a soin de sortir avec lui, de lui laisser entrevoir de tems en tems, et avec un sourir flatteur, sa jolie figure peinte.

Si cette petite ruse ne le séduit pas, et qu'il paraisse insensible à ses amorces, elle vient alors à parlementer ; lui demande le chemin qu'il prend, lequel se trouve toujours être le sien ; alors elle saisit l'occasion de lui insinuer que leur route étant la même, elle espère qu'il est assez galant pour la conduire jusque chez elle.

S'il se pique de galanterie, l'affaire est à moitié conclue ; la conversation s'engage ; elle le flatte adroitement, le loue de son honnêteté, de son bon naturel, et, par dessus tout, de sa politesse à la reconduire. Arrivée à sa porte, désirant, dit-elle à son écuyer, répondre à ses honnêtes procédés pour elle, elle l'engage cordialement à monter chez elle pour y prendre une petite colation; s'il se rend à son invitation, elle s'efforce avec adresse de connaître ses facultés, sa manière de vivre, etc. Si ses moyens répondent à son attente, elle emploie tant de ruses, qu'elle finit par le captiver, et que, de concert avec son parasite, elle en fait une dupe.

Les entremetteuses fréquentent aussi les salles de spectacles; mais pour attirer dans leurs piéges les imprudens de l'un et de l'autre sexe, elles employent différens arts de séduction, qui font tort aux uns et causent la ruine des autres.

Il se trouve également dans ces théâtres, une certaine classe d'hommes trompeurs, dont l'occupation est d'attirer l'étranger ou le campagnard dans des sentiers destructeurs.

Un de ces officieux personnages trouve
toujours

toujours l'occasion de vous accoster,
et comme il manque rarement de confiance et d'effronterie, et qu'il ne connaît ni les formalités ni les cérémonies,
il entre aussitôt en conversation avec
vous. A la fin du spectacle il vous propose de venir boire avec lui à la santé d'un gentilhomme de votre pays
qu'il connaît, ou dont il a entendu
parler. Si vous l'y accompagnez, il
vous grise, vous fait jouer et finit par
vous escroquer votre argent.

Différens sont les piéges que dans
ces endroits enchanteurs l'on tend
aux jeunes personnes innocentes; mais
pour éviter les conséquences funestes
qui en résultent, quand on se laisse
prendre à ces embûches perfides, je
conseille à mes lecteurs des deux sexes,
de se livrer modérément aux plaisirs
de ces spectacles, et de n'y aller qu'a-
près avoir mûrement réfléchi aux desseins abominables et pernicieux de ces

5

destructeurs de vertu, de réputation et
de fortune, et qu'étant accompagnées
de gens prudens et expérimentés.

Les CAFÉS DE LONDRES réunissent
une grande variété de caractères; ils
sont fréquentés par des personnes honnêtes, bonnes, méchantes, oisives et
insignifiantes.

Là, on y trouve l'homme d'affaires,
le philosophe, le critique, le petit
maître, le chevalier d'industrie, et le
parasite; les uns terminant leurs in-
térêts de commerce; d'autres rumi-
nant; d'autres déployant leurs talens
de rhétorique; d'autres sommeillant;
d'autres cherchant leur dupe; et d'autres,
par leur figure insignifiante, n'indiquant aucune émotion.

La fréquentation des différens cafés
de cette ville, donne à un étranger une
notion exacte de ses habitans en général,
et lui présente une peinture frappante
de leurs divers caractères qui ne lui

seroit point préjudiciables, s'il se tient sur ses gardes.

Les amusemens de cette ville sont si variés, et les heures pour les fréquenter si différentes, qu'il y a des maisons de divertissemens ouvertes la nuit comme le jour, qui, dans leur principe, furent réglés de cette manière, pour la commodité des personnes qui ont des emplois et états quelconques.

Mais, comme les habitudes dégénèrent avec le temps, de même ces divertissemens se sont dépravés, et servent maintenant à favoriser les projets infâmes et frauduleux des fripons.

Ces endroits sont ordinairement fréquentés par des personnes corrompues et paresseuses, qui s'appliquent à chercher des gens pris de liqueurs, où des étrangers peu au fait des intrigues de la ville, dans le dessein de les attirer, par divers artifices, dans des mesures avantageuses au trompeur, et nuisibles

*

au trompé. Rien n'est plus ordinaire
pour quiconque va dans ces lieux,
d'y trouver des porteurs de chaises et
autres personnages de la même trempe,
le rebut du genre humain. Lorsqu'ils
remarquent une personne qui leur semble être étrangère, il est extraordinaire
s'ils ne lui cherchent pas querelle, à
moins qu'elle ne souscrive à leurs demandes extravagantes et perfides, qui
consistent à jouer, à boire et à dépenser follement son argent avec eux. Dans
de pareilles circonstances, elle ne peut
manquer d'être victime, car si elle n'est
pas vaincue par la force, elle le sera
par le nombre. Si par hasard (comme
c'est très-probable), il arrive à quelqu'un de s'endormir, il peut s'attendre
à son réveil, de ne plus trouver son
chapeau, sa montre, son argent, etc.,
car il est très-difficile dans une compagnie aussi confuse, de découvrir ceux
qui vous dévalisent.

Dans la plûpart des rues qui conduisent à ces maisons de nuit, vous êtes
accosté par les prostituées les plus misérables de la ville, qui par leur impudicité ou pauvreté, n'ont point de
logement. Si vous ne répondez pas à
leurs désirs, elle vous accablent d'in-
vectives; mais si malheureusement vous
prenez en mauvaise part leurs propos
injurieux, c'est beaucoup lorsque vous
échappez à la discipline rigoureuse de
quelques serviteurs à leurs gages; d'autant que la complaisance de ces abominables gens est, toujours pour vous, suivie
des conséquences les plus funestes.

Parmi les divers plaisirs et divertissemens imaginés par l'industrieux et
l'indigent pour amuser l'opulent, le
fortuné et le fou, il en est un qui, outre
les comédies, les opéras, les pantomimes,
les farces, les marionnettes, etc., vient
de l'ancienne galanterie française, et
que l'on appèle MASCARADE. C'est un

divertissement dans lequel le libertin le plus consommé, peut se livrer aux excès de l'impudicité, et aux extravagances de la concupiscence.

A l'honneur du temps présent, cette extravagance de vices, a été plutôt défendu qu'encouragé; mais comme il est quelquefois donné et toléré, sous le titre déguisé d'ASSEMBLÉE, et que, par expérience, je suis certain de son influence funeste sur les étrangers, je crois qu'il est de mon devoir d'en donner une description concise, afin de réveiller l'aversion du lecteur, pour un divertissement si contraire aux lois de la raison et de la vertu.

Le rapport que j'avais entendu faire dans ma jeunesse, de plusieurs représentations extravagantes de cette farce bigarrée, excita tellement ma curiosité que je résolus de connaître un divertissement qui, d'après la renommée, avait été honoré de la présence de personnes de la plus haute distinction. En conséquence, je communiquai mon intention à quelques-uns de mes amis; je les déterminai même à venir avec moi à cette folie dispendieuse. Un certain soir nous prîmes une voiture dans la cité; nous nous fîmes conduire dans la belle partie de la ville, et nous nous précipitâmes dans cette scène de plaisir que j'avais depuis si longtemps désiré de voir.

Nous étant donc, suivant l'usage, revêtus dans une des boutiques désignées à ce sujet, de costumes bisarres qui nous rendaient égaux aux mortels capricieux avec qui nous allions nous mêler, nous jugeâmes convenable, malgré notre proximité à la salle d'assemblée, d'y aller dans des chaises à porteur, afin d'éviter les insultes de la populace qui, en pareille circonstance, se trouve toujours rassemblée en grand nombre.

Quand nous arrivâmes au nouvel Ely-

sée de l'amour, et que nous eûmes passé
au milieu d'une haye de soldats, nous
présentâmes, au lieu d'argent, des billets que nous avions achetés d'avance,
qui furent examinés strictement par
trois contrôleurs ; ensuite nous fûmes
introduits par le maître des cérémonies,
dans une salle vaste et majestueuse.

Je commençai alors à regarder autour
de moi, avec autant d'étonnement qu'un
étranger lorsqu'il se trouve sous le dôme
de l'église de St.-Paul, en me voyant
entouré d'une si grande variété d'objets
qui tout-à-la-fois éblouissaient mes
yeux.

M'étant donc amusé pendant quelques momens de cette pompe brillante,
et de cette diversité surprenante, dont
j'étais environné, je ne pus m'empêcher
de penser que tous les vices et les folies
de l'univers étaient confusément ras-
semblés dans ce séjour.

M'étant insensiblement accoutumé à

la multitude de figures effrayantes qui
couraient çà et là pour s'égayer réci-
proquement, par le mélange inexpli-
cable de masques, de vieilles garderobes
de théâtre, et d'autres déguisemens fan-
tasques, dont elles étaient revêtues je
pris la résolution d'examiner les particularités que ce plaisir offrait, et de fixer
dans ma mémoire les évènemens qui
mériteraient une notice publique.

Conformément à mon projet, je par-
courus plusieurs fois la salle de l'assemblée qui était remplie par une foule
immense et variée de mortels extraordinaires qui, en total, paraissaient un
mélange de toutes les nations, de tous
les âges et états.

Tandis que la partie la plus animée
de l'assemblée bigarrée se divertissait
en dansant, d'autres étaient arrêtés à
examiner les cabrioles des jeunes gens,
l'agilité et les grâces des dames qui
employaient leur art à gagner les cœurs.

Après plusieurs et courts entretiens avec le beau sexe, dans des formes différentes, et sur des sujets divers, je commençai à satisfaire ma curiosité par la foule innombrable de spectateurs qui bourdonnaient autour de moi, et je me trouvai entraîné dans la pratique de toute invention folle et frénétique, qui rend la nature humaine méprisablement bouffonne.

Là, était un mélange de rois et de paysans, de jeunes et de vieux, de saints et de démons, de graves et d'enjoués, de revenans et de figures humains : enfin, tous les caractères qui composent une bigarrure d'oppositions.

Ainsi diversifiés, ils passaient en grand nombre dans la salle du destin ; je les y suivis, et je les observai poursuivant leurs plaisirs avec le plus grand décorum ; les gagnans réprimant leurs transports ravissans ; les amans leurs exclamations frénétiques : on n'entendait d'autre bruit que le son de l'or, que le roulement des dés, et le remuement des tabatières.

De l'appartement du jeu, je traversai la grande salle d'assemblée, pour me rendre sur la droite à des salons particuliers où les amans d'accord se retiraient en foule pour confirmer leur rendez-vous. Je ne fus pas plutôt entré dans ces appartemens de prémices, que je trouvai tous les siéges occupés par la partie amoureuse des deux sexes. Les maintiens langoureux, les chuchotemens séduisans ; les mines agaçantes qui auraient indubitablement allumé les feux de l'amour dans le cœur le plus indifférent, voilà ce qui était modestement pratiqué dans cet endroit.

Delà, j'allai dans une salle où toutes sortes de rafraîchissemens exquis et des cordiaux excellents étaient abondamment distribués aux deux sexes, par trois ou quatre agens femelles qui, avec une attention particulière, faisaient les honneurs de cet endroit.

Là, venait se restaurer la partie commerçante du sexe, pour aiguiser leur esprit, ranimer leur vivacité languissante, et se rendre des compagnes plus agréables aux dupes malheureuses qui hasardaient de s'engager avec elles.

Ayant une aversion pour les liqueurs, je m'éloignai de ce lieu, et à travers la foule je parvins à me placer dans une des loges de la salle, pour observer de loin l'assemblée, et réfléchir sur l'avantage publique de cette convention, où toutes les personnes de tous les rangs et états quelconques, pouvaient se rendre et y jouer le fou, sans le risque d'être connu, et d'être exposé à la maligne censure des pamphlets et papiers publics.

Je regardais depuis un assez long-tems avec une action et une attention singulière, les folies humaines,

quand à un signal donné à l'extrémité
supérieure de la salle, je vis la majeure
partie de la compagnie s'éclipser en une
minute, de sorte que cet endroit spa-
cieux se trouvait vide.

Je m'informai de la cause de cette dé-
sertion subite ; la personne à qui je m'a-
dressai, s'appercevant par mes questions,
que j'étais étranger aux usages de cette
honorable assemblée, me dit que toute
la compagnie était maintenant dans le
souterrain, où elle était ardemment
occupée à se régaler.

Je sortis de la loge, et j'allai à l'extrémité de la salle où le signal avait été
donné, et je ne découvris pas l'endroit
par où la compagnie s'était éclipsée ;
cependant, attiré par l'odeur de diffé-
rents mets exquis, je me mis à chercher de nouveau, et j'apperçus sur la
droite, dans un coin obscur, un escalier fort roide qui conduisait dans une
cave souterraine ; je descendis, et à

l'instant où j'entrai dans ce lieu, je fus environné d'une bande de gourmands qui se disputaient les mets les plus rares que la nature puisse produire, vu que le repas était très - exigu pour une assemblée aussi nombreuse. Je me procurai, avec beaucoup de difficultés, de quoi satisfaire mon appétit. Je revins ensuite dans une des loges de la salle, dans laquelle je trouvai une dame qui était beaucoup tourmentée du hoquet qui lui était causé par un peu trop de boisson de limonade et de vin rouge. Je lui offris verbalement les secours que l'on peut donner en pareilles circonstances à une dame qui se trouve dans cet état chancelant; d'abord elle joua la prude; mais je découvris bientôt à travers sa modestie feinte, et autant que sa situation le permettait, son caractère naturel.

Après quelques discours sans suite, je lui demandai son nom et sa demeure;

je lui fis de belles promesses et une excuse bien motivée de ne pouvoir la reconduire chez elle. Je me remis ensuite
dans la foule pour y chercher mes amis
que je trouvai bientôt, et qui, comme
moi, étaient bien rassasiés de leur amu-
ment.

Il était alors près de cinq heures du
matin; peu d'instans après, la musique
cessa, la danse fut interrompue; la
compagnie devint languissante, et les
amans paraissaient empressés de goûter
les plaisirs de l'amour; je sortis donc,
ainsi que mes compagnons, de ce
spectacle coûteux de momerie, emportant avec moi la plus grande conviction
du pouvoir efficace du vice et de la
folie de mon pays natal.

Je conseille à mes lecteurs des deux
deux sexes, de ne point aller dans de
pareilles assemblées, qui tendent à
donner aux cœurs des jeunes personnes
un penchant au vice, et les éloignent

du chemin de la vertu morale et sociale.

Comme la curiosité des étrangers, naturellement les porte à voir les différens divertissemens et plaisirs que la ville leur présente, et à la plupart desquels ils peuvent aller, soit pour s'instruire ou pour se récréer ; je crois devoir prévenir qu'il y en a quelques - uns, où ils ne peuvent pas se rendre sans courir de grands risques, soit par la perte de leur argent, effets et bijoux, soit par la ruine de leur santé.

Covent-Garden et ses alentours, sont remplis de piéges qu'on ne saurait éviter avec trop de précaution et de circonspection : malheur à la jeunesse inexpérimentée et bouillonnante, qui s'y laisse prendre, elle court à sa propre destruction.

Il y a aussi dans ces endroits une grande diversité d'attraits séduisans, comme les tavernes, les couvens de filles de joie, les maisons garnies, dont quelques-unes sont destinées aux assignations amoureuses.

Les couvens de filles sont fréquentés par des femmes de plaisir, qui s'y rendent pour y faire trafic de leurs appas, comme le bétail que l'on mène au marché, où chacun va choisir la marchandise qui convient le mieux à son goût. Les jeunes personnes qui vont dans ces maisons prostituées, ont assurément perdues cette pudeur et cette délicatesse, qui sont les ornemens de leur sexe, et ont contracté l'effronterie la plus décidée, pour se livrer, par l'appas d'une légère rétribution, aux embrassemens infâmes d'un étranger dépravé. Ces endroits abominables, sont également le réfuge des paresseux qui vivent bassement de la contribution de ces misérables prostituées, et qui sont toujours prêts à se montrer, lorsqu'il est question de soutenir leur cause, ou de combattre pour elles.

Ainsi toute personne sage et pru-
dente, qui a sa réputation et son crédit
à conserver, doit éviter la fréquentation de pareils lieux qui sont préjudiciables à son honneur et à sa félicité,
et dans lesquels on ne voit que des
personnes de mœurs corrompues, et
toujours disposées à vous duper.

De ces infâmes endroits les prostituées et leurs amans dupés passent
dans d'autres lieux de débauches, où
il y a des divertissemens nocturnes,
dont la compagnie est toujours composée de filles de joie, de directrices de
couvens et de leurs parasites, et de
filous.

Ces spectacles d'intrigues, s'ouvrent
ordinairement vers minuit, et durent
jusqu'à quatre heures du matin. Là,
on y entend sans cesse des imprécations
et des juremens, des obscénités et im-
pertinences, des blasphêmes et sottises.
Tout ce qui peut choquer une oreille
chaste, offenser un esprit grave, et

mécontenter un observateur raisonnable, s'y trouve pratiqué sans remord, sans respect de personnes et de sexe , et sans égard et considération à la supériorité de la création humaine sur la brutale.

Comme les maîtres de ces maisons, sont sensés avoir perdu tout sentiment d'honneur et de justice, les convives ne doivent pas généralement s'attendre à trouver chez eux des mets et boissons de bonne qualité ; d'ailleurs le motif qui les amène dans ces endroits, provenant de causes différentes, ils sont par conséquent insoucians sur la qualité et quantité des denrées et boissons qu'on y distribue , dont le débit nuit à leur santé , et tourne au profit du maître du logis.

La jeunesse inconsidérée, en s'abandonnant ainsi à la débauche, non-seulement détruit son tempéramment , mais par la connaissance dangereuses qu'elle forme dans ces maisons perni-

cieuses, elle oppose des barrières éter-
nelles à son bonheur futur.

J'ai un ami intime dont l'existence
est une preuve fâcheuse de la vérité
de cette remarque, et dont sa ruine
date du jour même où il entra dans
une de ces maisons attrayantes, mais
funestes.

Il était fils unique d'une mère tendre
et indulgente. Au sortir du collège son
tuteur l'avait mis en apprentissage pour
apprendre un métier; mais n'ayant
point de goût pour l'état qu'on lui des-
tinait, il jugea convenable de le quitter
pour s'appliquer aux études académiques, dans le dessein de se procurer un
genre d'existence plus honorable et plus
lucratif.

Il poursuivit pendant quelques années
avec ardeur et succès ces études; il vivait heureux par lui-même et était res-
pecté de ses amis et chéri de sa tendre
mère.

Un certain soir d'été qu'il traversait
le Strand , il remarqua une grande multitude de personnes des deux sexes qui
entraient et sortaient d'une maison ; sa
curiosité le porta à y entrer pour connaître le motif qui y attirait tant de
monde. Là il y envisagea un genre
d'êtres qui se différentiaient par leur
maintien , leur geste et leur fonction.
Les uns échauffés par les liqueurs pro-
nonçaient d'horribles malédictions sur
eux mêmes et ceux qui étaient présens ;
d'autres plongés dans une stupidité ridicule paraissaient comme des êtres sans
réflexion et sans jugement. Les filles
de joie les plus déhontées adressaient des
propos obscènes à ceux ci ; et ceux là se
donnaient des rendez-vous pour terminer
leurs débats amoureux. Ces scènes
étranges le détermina à s'asseoir pour
les mieux observer, et à demander un
bol de punch ; il resta dans cette endroit bien au-delà de l'heure à laquelle

il était accoutumé de rentrer dans la maison où il demeurait.

Peu de jours après, pressé par la même curiosité, il retourna dans la même maison où une de ces infâmes prostituée attira ses regards et captiva ses sens.

Déterminé cependant à maintenir sa réputation, il refusa constamment pendant plusieurs soirées consécutives, et malgré les agaceries enchanteresses de la syrène qui le captivait, de se livrer à ses embrassemens ; il avait non-seulement des soupçons qu'il appréhendait de voir se réaliser, mais il craignait encore le danger inévitable qui devait nécessairement résulter d'un pareil commerce avec une fille perdue de débauche.

Pourtant il entretint avec elle une correspondance assez suivie ; il allait la voir chez elle, et se rendait dans cette maison deux ou trois fois par semaine

dans le dessein de l'y trouver; mais
comme il était obligé de rentrer dans
sa demeure à une heure fixe, et qu'il se
voyait forcé de quitter des plaisirs qu'il
redoutait , et qui alors lui deve-
naient agréables, il commença à maudire cette gêne qui mettait des réserves
à sa conduite. Il prit donc la résolution
de se soustraire à cette contrainte pour
donner un libre cours à ses désirs.

Il était alors près de jouir d'une assez
jolie fortune qui lui avait été léguée par
un père industrieux qui mourut lorsqu'il
était encore enfant. Il débuta donc par
jouir amplement du plaisir qu'on lui
mettait à prix.

Comme la fréquentation de ces endroits produit ordinairement l'intem-
pérance, il se livrait aux excès de la
débauche et il s'en retournait toujours
chez lui très-échauffé par les liqueurs.
A la fin le dérangement de sa conduite
parvint aux oreilles de son digne et

vertueux protecteur qui l'envoya chercher, lui fit de douces reprimandes et
lui dit en le congédiant, qu'il espérait
qu'il ne le mettrait plus dans le cas de
lui faire de semblables plaintes sur ses
déportemens.

Cette conduite généreuse du protecteur de mon ami le détermina d'abandonner cette partie de la ville qui avait
déja porté un si grand préjudice à sa
réputation; il reprit donc ses travaux
académiques et s'y appliqua avec une
ardeur singulière.

Mais hélas l'impétuosité des passions et les attraits du vice détruisent
bientôt les résolutions de la raison et de
la vertu, et mon malheureux ami retourna à cette maison infâme qui lui
faisait oublier ses devoirs.

Ses anciens compagnons de débauche
en le revoyant l'accueillirent avec
transport; il le raillèrent de sa sotte
complaisance pour ses amis, et pour
leurs

leurs propos captieux, le déterminèrent
enfin à mener comme eux une vie libre
et exempte de toute contrainte.

Mon ami entièrement dévoué au vice
et à la folie, aveuglé par le petit héritage qui devait lui écheoir dans peu de
mois, quitta de rechef ses études sans
donner avis à ses amis du motif qui les
lui faisait abandonner.

Sa mère désolée, ses sincères amis, le
sollicitèrent en vain de reprendre ses
études; mais sourd à leurs prières, il
accéléra d'avantage sa carrière, et ne
mit point de bornes à ses honteux plaisirs et à ses débauches, qu'il ne fut entièrement arrivé au bout de la lice de
sa ruine.

Etant donc entré en jouissance de
son bien, dont une bonne partie était
d'avance épuisée par des dettes qu'il
avait contractées en différentes occasions, il devint non-seulement victime
de ses propres passions, mais dupe de

6

ces fripons qui, dans cette ville, sont
toujours disposés à attraper la jeunesse
indiscrète. C'est alors que maître de
son bien, il augmenta le cercle de ses
connaissances avec les deux sexes, et
ses dépenses en proportion; et dans l'es-
pace d'une année dépensa son argent
comptant, engagea son petit bien,
fut ensuite obligé de le vendre; de
manière qu'en trois années, il se trouva,
par ses extravagances, débarrassé du
tout. N'ayant donc plus rien, ses maîtresses le virent avec réserve, ses compagnons de débauche avec une indifférence affectée, et les personnes avec
lesquelles il avait passé des momens gais
et agréables, oublièrent son nom et sa
figure. Ainsi dépouillé de sa fortune,
et abandonné de ses prétendus amis,
il alla d'un endroit dans un autre, et
souvent du parc dans les campagnes des
alentours, pour trouver un dîner. Se
trouvant enfin, comme l'enfant prodi-

gue, réduit à la plus affreuse indigence,
il retourna chez sa tendre mère qui le
reçut avec les marques sincères de l'affection maternelle, le vêtit, et lui
donna tout ce qui était nécessaire pour
le rétablir dans sa première situation.

Touché du traitement indulgent de
sa mère, auquel il n'avait pas lieu de
s'attendre, il alla trouver son protecteur, implora son indulgence, et par
ses promesses de ne plus quitter ses études
et de les suivre exactement, il rentra
dans ses bonnes grâces.

Mais tel était son penchant pour le
vice et la sottise, que malgré son expérience des suites funestes de la disso-
lution de ses mœurs, qui lui avait coûté
la perte de sa réputation et de sa fortune, ses désirs fougueux l'entraînèrent
de nouveau dans la débauche.

Comme ses finances étaient très-lé-
géres, et qu'il ne pouvait pas satisfaire

entièrement ses folies, il s'embarqua sur un vaisseau armateur, qui était composé du rebut du genre humain.

Là, il trouva des compagnons, qui, comme lui, devaient leur situation à la même cause, et qui à chaque instant maudissaient avec lui le jour où ils étaient entrés dans ces maisons infâmes, réfuge des prostituées et des fripons.

Comme il avait alors beaucoup de tems pour réfléchir, il songeait fréquemment à sa vie passée, et à l'état abject auquel il s'était lui-même réduit par ses folies et extravagances.

Dégoûté du nouvel état qu'il avait embrassé, il revint à son pays natal et retourna chez sa mère, dont il reçut encore les caresses.

Malgré les épreuves cruelles par lesquelles il avait passé, son inclination pour les plaisirs ne diminua point; mais comme il manquait d'argent pour les satisfaire, son abstinence n'était plus alors en lui une vertu.

Sa conduite, qui était toujours la même, causa tant de chagrin à sa malheureuse mère, qui faisait journellement des sacrifices pour le soulager dans sa détresse, qu'elle succomba à sa douleur. Sa mort ne lui ayant point procuré la moindre aisance, il n'eut d'autre ressource que de parcourir le labyrinthe effroyable d'un monde insensible à la misère humaine.

Cependant, le tems et les malheurs l'amenèrent enfin aux réflexions sérieuses. Sa vie est maintenant une source de tourmens et de chagrins; à peine peut-il se procurer par son travail de quoi subsister lui et sa petite famille.

Je me suis un peu étendu dans le rapport de ce fait véritable, dans l'espoir que ce récit détournera mes lec-

teurs du dessein de fréquenter ces détestables lieux, dont il résulte de si pernicieux effets pour ceux qui y vont.

Les étrangers ne peuvent point passer
dans aucune des rues de ce siége de
lubricité, sans être exposés à la ten-
tation et aux agaceries des filles de joie
qui les arrêtent en passant, ou qui leur
font des signes par les fenêtres. La plupart
de ces prostituées, dont les figures sont
peintes de blanc et de rouge, paraissent
dans l'éloignement des objets désirables;
c'est par ces secours de l'art qu'elles
séduisent les inexpérimentés, qui ont
ensuite de justes sujets de se repentir
de leur malheureuse captivité.

Outre ces dangers, il en est d'autres
auxquels on est exposé la nuit dans
ce quartier de la ville, ce sont les insultes des bandits qui cherchent une occasion de vous quereller, de vous mal-
traiter et de vous traduire devant un

officier de justice, pour vous extorquer votre argent en jurant et affirmant faussement que vous êtes l'agresseur.

Les officiers de justice profitent souvent de l'ignorance et de la timidité des étrangers qui leur sont amenés, pour leur soutirer de l'argent sous le prétexte de faciliter leur élargissement, quoique leur arrestation soit contraire aux lois de la nation et de la raison.

En bref, les intrigues, les supercheries, les amorces, les insultes, les injures et les scélératesses employées successivement sur les étrangers, sont si considérables et si différentes, que nous les avertissons, quand ils se trouveront sur ce terrein enchanteur et séduisant, d'y marcher avec la plus grande précaution, de réprimer leurs désirs et de ne point s'abandonner inconsidérément aux divertissemens et aux objets qui peuvent se présenter à leur remarque et observation.

Après avoir conduit nos lecteurs à travers un désert funeste, leur avoir montré
quelle sorte d'êtres déréglés y habitent,
leur avoir également rapporté les usages, mœurs et évènemens de ces habitans
étrangers, que nous avons présumés
dignes de leur attention ; nous allons
maintenant leur présenter quelques-
unes des folies efficaces du jour , et en
soumettre les absurdités à la barre de
la raison et à la décision des personnes
sensées.

L'habillement et la parure, sont portés à un aussi haut dégré d'extravagances,
que ce seul article occupe presque toutes
les têtes , emploie la plus grande partie
du tems et emporte l'argent. Les personnes de qualité et d'un goût rafiné,
font trois ou quatre toilettes dans le
jour ; elles sont si passionnées des modes
et des ridicules , que c'est pour elles une
affaire d'état de les emprunter de la
plupart des nations étrangères , qui trou-

vent leur intérêt à leur négocier leurs
extravagances. Il y a aussi dans cette
ville, une secte de papillons damoiseaux,
ou d'êtres insignifians, qui voltigent
pendant une ou deux années; et qui ne
pouvant plus se soutenir, faute de
moyens, sont enfin forcés de se réfu-
gier dans des greniers, et de porter des
habillemens aussi misérables et dégoû-
tans que leurs premiers étaient magnifiques et voyans.

Cet usage fou et frivole en lui-même,
fut adopté pour la ruine du plus grand
nombre des habitans qui, employant leur
fortune à ces parures extravagantes afin
de mieux figurer sur le grand théâtre du
monde, s'attirent, par leur ridicule, le
le blâme et les mépris de la ville.

Il y a aussi une secte épicurienne, ou
sorte de damerets, d'un goût délicat et
recherché, qui ne trouvent de bon que
les mets rares et les friandises étrangères,
et qui méprisent les véritables produc-

tions de leur pays natal. Ces personnages favorisent ordinairement leur goût pour les mets délicieux dont nous venons de parler , jusqu'à ce qu'ils n'ayent plus le moyen de se procurer la nourriture nécessaire au soutien de leur existence

D'autres personnes affectent d'être généreux et sociables, en donnant des repas et des divertissemens coûteux. J'ai entendu un fou qui se vantait d'avoir dépensé cent livres sterlings (environ cent louis de France) pour un souper qu'il avait donné à un petit nombre d'amis, qui ont ensuite ridiculisé et méprisé sa prodigalité.

Le comble de cette folie ne paraît que trop fréquemment par les dépenses que les jeunes étourdis et écervelés font perpétuellement pour les femmes galantes et les courtisannes , auxquelles il accordent aveuglément toute les fantaisies de la parure , et les caprices du goût que l'orgueil peut suggérer ou la coquetterie peut faire naître.

De telles personnes sont au-dessous de la pitié même : quand elles sont ruinées, nous ne pouvons point raisonnablement plaindre la misère dans laquelle elles se sont entraînées par leurs extravagances ; mais nous devons approuver leur sort malheureux qui, par de tels exemples, peut détourner le reste des hommes, d'imiter leur conduite imprudente.

Je n'ai point l'intention, par ces réflexions de vouloir inculquer les principes de parcimonie ; mais comme je déteste les humeurs capricieuses et les conduites singulières, je recommande sincèrement les habillemens décens et propres, les repas et amusemens d'amis, suivans les occasions convenables, tels qu'ils sont également nécessaires et recommandables dans un gentilhomme ; et j'engage les étrangers et les gens de campagne de ne pas avoir de condescendance pour ces coutumes folles qui à la honte et à

l'a   sse ment de ceux qui les adop-
tent, dominent malheureusement dans
cette ville.

De toutes les folies et tromperies
qui règnent dans Londres, il n'en est
point de plus choquante que l'affectation. Par ce mot, j'entends conformément à la définition d'un écrivain
dramatique moderne, l'action de tâcher
d'en imposer aux autres, en se faisant passer pour ce que l'on n'est pas,
ou de s'efforcer d'être ce que l'on est
intimement persuadé de ne pouvoir pas
être. Il n'y a pas dans le monde un
caractère aussi commun que celui-ci :
chacun ayant de lui-même une plus
haute opinion qu'il devrait en avoir,
biens des gens, d'après l'idée avantageuse qu'ils ont d'eux-mêmes, s'imaginent vainement par leur habillement
ou d'autres marques extraordinaires,
avoir des titres à l'estime générale.

J'ai souvent reconnu dans les com-

pagnies confuses et mélangées, un chevalier de l'industrie qui était pris pour
un gentilhomme, et un directeur de
marionnettes pour un homme de sens:
tant il est vrai que la plupart du monde est trompé par l'apparence.

Une large perruque et une marche
emphatique, ont longtems distingué le
le médecin; aujourd'hui les apothicaires
et même les empyriques prennent le
même costume.

L'habillement des théologiens est
presqu'aboli, maintenant les jeunes
ecclésiastiques sont recherchés dans
leur frisure ; ils ont dans leur maintien
et dans leur parure autant d'afféterie
que les petits-maitres : ils sont plutot
des convives convenables pour les tavernes que des docteurs pour le peuple.

Les prosélytes de l'affectation, dominent plus particulièrement dans Londres que par tout ailleurs, attendu que
par sa vaste étendue, et par le nombre

considérable de ses habitans, les personnes peuvent s'y travestir sous des
rapports plus plausibles que dans d'autres
villes, où le caractère et les circonstances des individus sont à tous momens
examinés ; ce qui fait que tant de
personnes orgueilleuses, tant de fats
imprévoyans et indiscrets, y prennent
pendant plusieurs mois, avec une apparence somptueuse, le titre d'écuyer,
qui quelques tems ensuite rampent devant les baillis, après s'être joué de la
sotte crédulité de ceux à qui ils en ont
imposé par leur air de grandeur et leur
pompe extravagante.

Je crois essentiel au plan que je me
suis proposé, de conseiller aux étrangers des deux sexes, de se garantir de
cette supercherie d'affectation, et de
ne pas juger les personnes à leur apparence. Quoique ce genre d'afféterie
procure à bien des gens le moyen de
satisfaire leur vanité, il y en a cepen-

dant d'autres qui profitent de ce ton
pour établir leur subsistance ; ces personnages ressemblent aux visages peints
des femmes galantes qui , quand ils
sont dépouillés de leur couleur , présentent des figures odieuses.

La simplicité des étrangers les porte
fréquemment à tâcher d'attrapper ce
genre extravagant de fatuité , qu'ils
remarquent dans les deux sexes. Ils sont
exposés à être trompés et entraînés par la
pompe d'une suite majestueuse , par
l'éclat d'un collier, par un ajustement
de dentelles ou autres objets éblouissans.

D'une autre manière , les fripons
commettent à chaque instant des actes
d'injustice, non-seulement sous l'apparence d'une simplicité ingénue , tant
dans leur habillement que dans leur
conduite, mais encore sous le manteau
de la religion; il y a dans cette ville
des personnes scrupuleusement ponc-
tuelles dans les usages et cérémonies de
de la religion , des piliers constans

d'église, qui ne voudraient pas pour toute chose, faire le moindre serment ; eh ! bien suivez-les dans le monde, pesez leurs actions dans la balance de la justice, vous trouverez leur religion pure affectation, leur dévotion parfait mensonge, et leurs scrupules franche hypocrisie.

Telle est la puissance de l'infidélité d'un côté, et le pouvoir du fanatisme de l'autre, qu'avec toute notre religion, il semble que l'honnêteté soit bannie, et que la bienveillance divine n'existe plus dans nos cœurs.

En un mot, telles que belles que les choses puissent paraître à la superficie de l'œil, cet abrégé du monde, appelé Londres, n'offre à l'observateur scrupuleux, qu'un spectacle sinistre, dans lequel il voit le pouvoir opprimant le mérite, les richesses l'emportant sur l'honnêteté, et l'affectation foulant aux pieds la simplicité.

Telle est la force du pouvoir et de

l'ostentation, qu'une personne parvient très-difficilement à une place où le déguisement et l'artifice sont journellement pratiqués. Les auteurs peuvent avoir le même degré de génie, mais ils le montrent d'une manière différente. On peut estimer sincèrement les vertus médiocres, parce qu'elles ne paraissent que dans de certaines circonstances, ou devant certaines personnes. Il y a bien des gens qui professent des vertus sublimes dans l'obscurité. Je me rappèle un gentilhomme de campagne, qui était dépeint à la cour sous les traits les plus hideux, et qui dans le même tems, était adoré dans son pays; la raison en était, que les habitans du lieu où il faisait sa principale résidence, n'avaient point de correspondance à la cour, et que par ce motif, sa réputation n'avait pas été au delà de sa paroisse, tandis que des personnes puissantes contre l'oppression desquels il défendait les ha-

bitans de son endroit, étaient liées inti-
mément avec les premiers de la capitale; ce qui prouve notre remarque sur
les caractères, que l'on voit bien des
gens qui sont généralement haïs dans
leur pays, et qui passent pour des an-
ges dans la capitale.

Si nous voulons sérieusement examiner le caractère d'un homme, nous
devons nous rendre au lieu de sa résidence, et là, prendre des informa-
tions sur ses mœurs naturelles, non pas
de ses supérieurs de l'endroit même,
mais de ses voisins de même rang et
condition, avec lesquels il a vécu. L'expérience nous montre journellement,
combien nous sommes malheureusement trompés par les attestations de
gens autorisés à caractériser les vertus
ou les capacités d'un autre homme;
c'est pour cela, que nous ne pouvons
avoir véritablement le caractère d'un
homme, que par ceux avec lesquels

il vit ou il a vécu librement et sans nulle
contrainte.

Il y a dans cette ville une autre
folie très-dominante, qui consiste dans une
condescendance sans réserve pour ce
qui est appelé goût et mode. Quoique
le goût, à le considérer à part, paraisse
une chose ordinaire, néanmoins celui
qui examine l'histoire des hommes,
trouvera qu'il est la cause principale de
leur manière d'agir et de sentir.

Quant à ce qui regarde le goût,
nous en pouvons établir un jugement
parfait, d'après les enfans qui se délec-
tent dans le lait et les fruits que la
nature accorde en abondance ; ce qui
porte à conclure qu'il y a un charme
naturel dans ces choses. Cependant
la plupart des personnes parvenues à
la maturité de l'âge, sont si passionnées
de l'usage de la mode et de la fantaisie, qu'elles estiment mieux les choses
reherchées par la prévention et l'habitude acquise, que celles qui sont re-

commandables par leur bonté naturelle. Nous sommes souvent portés par la rareté et le prix des objets, à mépriser ce que la nature a désigné pour bon, et qu'elle produit en abondance. Nous prenons de l'aversion pour les choses que nous pouvons nous procurer facilement et à bon compte, et nous avons un penchant pour d'inférieures qui sont chères et difficiles à obtenir; le thé, par la différence du prix, est plus à la mode que le lait. Les productions végétales de la Chine et des autres pays orientaux sont, par les prix qu'elles coûtent en raison de l'éloignement des contrées d'où on les tirent, très-recherchées et préférées à toutes les autres de ce royaume; car les hommes s'imaginent ordinairement que les objets chers sont les meilleures. Le mauvais goût des habitans de cette ville, ne se montre pas moins dans leur ajustement et dans leur conduite.

Si le souverain marchait sur des échasses, ses courtisans suivraient son exemple, en soutenant que rien n'est si raisonnable et si agréable que cette méthode de voyager. Les hommes ne s'accomodent à l'usage des choses désagréables de fantaisie et aux vêtemens incommodes, que pour se distinguer du vulgaire.

Assurément la nature et la raison nous ont prescrit une règle égale, qui établit une juste valeur sur toutes choses, et empêche un attachement immodéré pour aucune. La décence déclare un pareille attachement ridicule dans le beau sexe qui, par ses ajustemens courts, montre la moitié de ses jambes : l'économie déclame contre les dames qui se promènent dans les rues, vêtues de brocarts (étoffe de drap brodé en or et en argent); un pareil attachement est également déplacé dans les hommes qui portent des vêtemens qui couvrent à peine leurs cuisses, ou bien qui cachent totalement leurs jambes.

Par ces courtes remarques sur le goût du siècle, je ne prétends pas encourager l'affectation de la singularité dont celle des deux extravagances que je viens de citer est la pire ; mon but est de prémunir les étrangers contre cette condescendance aveugle pour des usages et des fantaisies ridicules qui sont inventés par des fous de qualité, des fats capricieux, et des coquettes galantes.

La dernière folie que je vais mentionner, est la cabale et l'adoption des parties et des factions. Si un homme réfléchit sérieusement sur la faillibilité de la nature humaine, sur l'effet du préjugé et le penchant intéressé, il ne se décidera pas en faveur d'aucune opinion, d'aucune secte, ou d'aucun parti, sans avoir mûrement réfléchi. Celui qui les protége au risque de sa vie indique un manque de jugement et encourre le soupçon de la vénalité. D'ailleurs la personne qui prend la cause

d'un parti quelconque, néglige ordinairement ses affaires et ses propres in-
térêts. J'ai connu des personnes honnêtes qui, pour avoir servi des partis, des
cabales et des factions, ont perdu leur
tems, leur crédit, leur liaison de commerce et leur fonds ; et qui ont été ré-
compensé de leur attachement et de la
perte de leur fortune, par l'ingratitude
la plus perfide.

De telles cabales sont, au plus haut
dégré, très-nuisibles au commerce, à
l'amitié et à la société, d'autant qu'elles
ne visent qu'à enflammer les esprits, à détruire le bon accord entre les hommes,
et à allumer la discorde dans leurs cœurs.
En bref, les liaisons de partis ne peuvent
jamais perfectionner l'esprit, ni obtenir aucun fondement solide, attendu
quelles contribuent généralement au
détriment du caractère et de la propriété.

Ayant donc donné une description
concise des habitans, des mœurs et des

usages de cette capitale, je présume qu'il n'est pas étranger à mon plan de présenter quelques avis aux personnes qui viennent visiter Londres soit par des motifs d'amusement ou pour y trouver de l'emploi.

Ce qu'un gentilhomme de province doit considérer en arrivant à la ville, c'est de s'y conduire avec honneur et prudence; ayant montré les écueils dangéreux qu'il doit éviter, ainsi que les vices, folies et dangers auxquels il est sans cesse exposé comme gentilhomme et comme étranger, nous nous dispenserons de les raporter; mais nous allons lui donner d'autres avis qui lui seront utiles.

Il doit observer de ne pas se précipiter dans les compagnies des étrangers, car ce sont à ces sociétés que les évènemens funestes de la ville doivent leur origine; il ne doit point se livrer aux hommes ni adopter leurs usages, sans les avoir d'abord examinés

examinés avec circonspection, et les
avoir cités au tribunal de la raison, de la
conscience et de l'expérience; car cette
ville est si fréquemment gouvernée par la
fausseté et la contradiction, ou par la
faction et l'intérêt, que s'il adopte purement et simplement les choses sans les
comparer selon les règles de la vérité et
de la probité, il sera nécessairement
assujéti aux impostures continuelles qui
lui seront dressées.

En se rappelant sa naissance, son
éducation, son rang, et en se considé-
rant comme un gentilhomme, non pas de
nom, mais de fait, il se comportera
comme l'exige son caractère, et il
réglera sa conduite d'après les maximes
infaillibles de la raison et de la justice.

Quant aux Dames riches, comme
elles sont ordinairement, par l'éducation
qu'elles reçoivent dans leur province,
très bien conseillées, et qu'en conséquence elles peuvent se former une idée raison-

7

nable des inclinations des habitans de
cette ville, il leur suffit de ne pas s'en-
thousiasmer des extravagances, des
amusemens et des plaisirs de cette capitale, et de se tenir en garde contre les
artifices et intrigues des débauchés, des
accapareurs de fortunes, des femmes
galantes qui ne manquent jamais de les
aduler pour les entraîner dans leur
ruine.

Les personnes d'un rang inférieur
des deux sexes sont bien plus exposées
aux supercheries d'une ville remplie de
piéges, vu que par la situation de leur
genre de vie, elles sont privées de la
connaissance qu'on peut en avoir, soit
par la lecture ou par la conversation;
mais il est à présumer qu'en adhérant
aux avis que nous leur avons donnés, et
aux remarques que nous avons faites sur
les différens artifices, supercheries et
fraudes, dont nous avons rendu compte
dans cet ouvrage, elles éviteront d'en
devenir les victimes.

Nous conseillons surtout aux personnes de province de ne point abandonner
leur résidence champêtre pour goûter
la vie bruyante, embarrassante et confuse de la ville.

Toute personne de jugement ne peut
envisager et voir sans chagrin tant de
bâtimens magnifiques élevés dans les
diverses parties de ce royaume, tomber
en ruine faute d'être habités.

Si les habitans de la campagne con-
sidèrent les divertissemens comme un
motif puissant pour préférer le genre
de vie de la ville, on peut assurément
leur observer avec justice que la chasse,
la pêche, la chasse aux oiseaux, etc. sont
des divertissemens nobles et convenables
à l'homme, qui au lieu de devenir insipides, deviennent chaque jour plus agréables et sont nécessaire à la santé ; ils ne
passent pas, à l'égard de leur jouissance,
pour être aussi voluptueux que ceux de

la ville, mais ils amusent et satisfont le goût des personnes raisonnables.

Il faut en outre considérer les dépenses dans lesquelles entraîne inévitablement la poursuite des plaisirs de la ville, tandis que ceux de la campagne ne coûtent rien, et qu'ils sont, pour ainsi dire, un don général de la nature. Il est de plus à remarquer, qu'il ne faut que deux ou trois jours pour parcourir les plaisirs et divertissemens de la ville, et qu'on ne fait plus ensuite que suivre la même carrière, voir les mêmes scènes, folles et ridicules, qui, par leur répétition, deviennent insipides et désagréables pour l'esprit examinateur et ingénieux. Que l'on mette ces observations dans la balance de la saine raison, on n'aura plus de doute sur leur effet salutaire.

Si l'on prend pour excuse le but de l'éducation, je demande quel est le

genre d'éducation que l'on doit rechercher dans Londres?

On peut tout aussi bien à la compa-
gne et dans les provinces, acquérir les
qualités nécessaires à un gentilhomme,
à un négociant et à un artiste.

Les personnes qui désirent se perfectionner dans les arts agréables de l'éducation, ne peuvent acquérir des talens
que par une étude et une méditation
réfléchies, qui exigent beaucoup de
tranquillité, qu'on ne peut pas facilement
avoir dans une ville tumultueuse, mais
bien dans les provinces, et campagnes
où tout est calme, où l'esprit est moins
dérangé et troublé par la diversité des
objets, et où l'on ne connaît point
l'usage de s'en imposer et de se contrai-
ner l'un l'autre. Là, chacun remplit inno-
cemment l'emploi qui lui convient, et
jouit d'une agréable et parfaite tranquillité.

Je suis loin de conseiller une vie re-
tirée. Je conviens que la musique, la
danse, les armes, et autres arts libé-
raux, sont des amusemens convenables
pour remplir les intervalles du tems
destiné au délassement des occupa-
tions; mais je ne voudrais pas les voir
préférés aux objets qui tendent à agran-
dir l'esprit et à ennoblir l'âme.

Dans cette ville, il y a, à ma connaissance, une chose propre à perfectionner l'éducation, j'entends la conversation. Quiconque est doué de
jugement, et imbu de bon principes,
peut aller dans les différentes sociétés,
en voir les divers caractères sans en être
séduit, et peut, en les fréquentant, en
retirer des leçons morales et utiles.
Assurément de pareilles considérations
peuvent excuser le séjour dans cette
capitale: mais abandonner à des do-
mestiques le soin de son habitation et de
ses jardins, et la manutention de ses

affaires, pour accourir dans Londres, y dépenser follement son argent, purement sous le prétexte d'y apprendre mieux les usages du beau monde, que dans les provinces et les campagnes, c'est un mélange de folie et de déraison qui ne peut manquer d'exposer celui qui a cette manie, au mépris et à la pitié.

Ceux qui s'imaginent que les mœurs et usages des habitans de la capitale, sont supérieurs, par leur qualité, à ceux de la campagne, qui, à bien considérer, sont les ornemens de la nature humaine, sont dans l'erreur. La ville est si corrompue, si dégénérée, et tellement envahie par les vices et les extravagances, qu'on ne peut pas s'attendre à retirer grand profit et avantage des sociétés dans lesquelles on se trouve.

Il y a cependant dans les compagnies, des personnes dont la société et la conversation sont à rechercher ; mais elles sont rares, et il est très-difficile à un étranger de pouvoir les distinguer.

Le but général de toutes les sociétés, est d'une nature futile et insignifiante, qui ne tend ni à l'amusement ni à l'instruction, quoique les assistans prétendent presque tous à la connaissance de la politique. Je suis fâché de dire que ces compatriotes en général abondent en ignorance et extravagances, en futilité et déraison, en tumulte et vanité; et que par conséquent toute personne raisonnable ne peut se proposer aucun avantage de leur compagnie.

Ces remarques, quoique évidemment méchantes, sont exactes à la lettre. Ainsi donc, celui qui arrive dans cette capitale, doit s'attendre à y trouver les hommes et les choses comme ils sont, et non pas comme il voudrait les voir; et s'il a assez de bon sens pour les mépriser, il encourre le caractère d'un orgueilleux, d'un contrariant et d'un grossier.

Enfin, si par rapport à la santé du corps et à la perfection de l'esprit, on met en opposition les avantages de la vie champêtre avec ceux de la capitale, il reste à déterminer ceux dont les fondemens sont les plus solides. Quant à la santé, on ne peut admettre de controverse, parce que l'air de la campagne est plus salubre que celui de la ville, et que les personnes qui l'habitent, y sont moins exposées aux vices de tout genre dont la capitale est infectée.

Quant à ce qui regarde la perfection de l'esprit, il est évident que l'indisposition du corps affecte toujours les facultés de l'esprit, empêche le travail, rallentit la pensée; au lieu que la santé développe le ressort de la raison, facilite l'exécution et accélère le génie.

Le bruit et le fracas embrouillent l'esprit, chassent les idées, troublent l'étude; au lieu que la solitude et la retraite attachent l'âme, secourent la mémoire et agrandissent la conception.

D'ailleurs, dans toutes les parties du

royaume, il y a des hommes délicats
et honnêtes, savans et spirituels qui,
assurés de la vérité de ce que je
viens de dire, se sont retirés dans de
petites habitations champêtres, pour y
jouir du bonheur de la santé et de la
réflexion, et qui éloignés du bruit, de la
médisance et méchanceté des mortels,
passent leur vie dans une douce solitude
et dans une contemplation délicieuse.
C'est dans la société de ces personnes que
l'on peut véritablement recueillir les
fruit d'une bonne éducation.

Ainsi la vie champêtre est supérieure
à celle de la ville; comme la santé est
préférable à la maladie, l'esprit à la
société, et le plaisir à la peine.

~~~~~~~~

Voulant donner à mes lecteurs une
description exacte des mœurs et habitudes des habitans de Londres, je crois

devoir lui offrir encore les remarques suivantes, qui sont dignes de fixer son attention.

Le peuple de cette capitale est en général très-grossier ; il se fait plaisir d'insulter indistinctement les passans, et de les provoquer à se battre à coup de poing. La police n'a aucune inspection sur les combats particuliers qui entretiennent la bravoure du peuple, mais qui ne le fortifie point contre l'arme blanche. Elle permet même que, par voie de fait, l'on prenne sur le champ vengeance d'une insulte que l'on ne s'est point attirée. Ainsi, si un homme attaque d'injures un autre homme qui passe à portée de lui, et lui va porter le poing sous le nez, et que l'insulté ayant à la main une grosse canne, l'appuye sur le crâne de l'agresseur, qui tombe sous le coup sans connaissance, l'homme à la canne, continue son chemin, parce que l'insulte qu'on lui a faite étant gratuite, il n'a aucune recherche à craindre, quand même son homme serait mort du coup qu'il lui a porté.

Les clubs sont des assemblées où l'on se rencontre pour jouer, fumer, parler politique, mais toujours chacun à ses dépens. Le nom même qui caractérise ces sortes d'assemblées, manifeste assez l'esprit de leur institution ; *to club* veut dire se cotiser. Les affaires d'intérêt et de religion entrent pour beaucoup dans ces liaisons concentrées ; elles ont pour statuts fondamentaux tous les devoirs les plus rigoureux de l'amitié. Cette fraternité réunit souvent différentes religions, mais jamais des factions opposées sur les affaires publiques.

Il en est de fixes, qui se tiennent dans les cafés ou dans les tavernes, à jours et heures certaines. La bierre, le thé, le café, des pipes et du tabac, aident à y tuer le tems. On ne paie pas à chaque fois ; le maître du café ou de la ta-

verne tient registre de la séance et de
la dépense.

La plupart de ces clubs ont un prési-
dent, au choix duquel on procède par
acclamation ou par scrutin, pour un tems
déterminé, à l'expiration duquel on fait
une nouvelle élection. La place du prési-
dent est au haut bout de la table, sur un
siége dont le dossier, plus haut que celui
des autres, est orné de quelque relief doré,
le plus souvent relatif aux objets dont le
club s'occupe de préférence.

On y est rangé autour d'une grande
table ronde, chargée de vins de différentes
espèces, de thé, de café, et de tous le
service nécessaire pour ces différentes
boissons. Chacun en use à sa fantaisie
et autant qu'il lui plaît. L'attention du
maître de la maison se borne à renouve-
ler les boissons qui viennent à manquer.

La conversation roule au hasard sur
différens sujets dont chacun occupe le

tapis, tant que quelqu'un de la compagnie a quelque chose à en dire ;
celui qui tient la parole parlant autant
que la matière lui fournit , sans crainte
d'être interrompu par ceux qui sortent,
ni par ceux qui surviennent. Le sujet
que l'on traite n'amène pas toujours celui
qui suit : ils sont souvent séparés par
un intervalle de silence plus ou moins
long; tous les assistans se regardant
alors et réfléchissant. Le silence se
rompt ou par la continuation du même
propos, ou par quelque chose qui y a de
l'affinité, et très-souvent par l'ouver-
ture d'un nouveau absolument dispa-
rate, et auquel on passe sans transition.

Entre savans, artistes, ministres,
les affaires publiques fournissent le plus
communément la matière de la conversation : chaque anglais en est au moins
aussi occupé que les ministres d'état; et
cela dans le peuple qui s'y intéresse
autant que tous ceux qui y ont l'intérêt

le plus direct. Les propos joyeux n'ont
point lieu dans ces sociétés. L'Anglais ne
se délasse de la réflexion, qu'en réfléchissant ; il ne connaît que ce moyen pour
s'égayer.

On ne saurait imaginer jusqu'à quel
point la liberté de la presse est portée
à Londres. Les puissances de l'Europe et
leurs ministres, prétendraient envain
jouir dans cette capitale, de la part des
écrivains, du respect et des égards que
le roi d'Angleterre et ses ministres n'y
trouvent pas eux-mêmes.

Les estampes satyriques excitent
encore moins que les livres l'attention
de la police. Une infinité de petites
boutiques, dans le quartier de West-
minster sur tout, sont chaque jour tapissées d'estampes, où les principaux membres du ministère ou du parlement sont
impitoyablement déchirés sous des em-
blêmes aussi grossièrement imaginés que
pitoyablement exécutés. Le graveur a

atteint le but, s'il peut conserver quelques traits qui rendent reconnaissables les personnages qu'il veut livrer à la risée du peuple.

Les anglais donnent dans la politique, par tempérament et par caractère. Les affaires publiques sont devenues celles de tout citoyen. Chaque anglais s'identifiant avec le gouvernement, étend à lui-même la haute idée qu'il a de sa nation; il triomphe dans les victoires; il porte le faix des revers; il s'épuise en projets pour soutenir les succès, pour pousser les avantages, pour réparer les pertes.

L'impétuosité et l'opiniâtreté avec lesquelles la mélancolie le porte vers les objets qui l'intéressent et l'occupent, sont les principes de ce vif intérêt, qu'on trouve chez tous les anglais pour les affaires publiques. Delà, cet orgueil national, qu'ils appellent *la majesté du peuple anglais*. Delà, le débit prodi-

gieux de ces papiers qui paraissent chaque jour dans Londres, et dont la
lecture remplit une partie de la
journée de tout bon anglais. Il n'est
point de gens plus avides qu'eux de nouvelles, de projets et de satyres contre
les ministres, dont ces recueils forment
un ample dépôt.

Outre les divers amusemens dont
nous avons parlés, il y en a cependant
deux autres, qui méritent l'attention
des étrangers, savoir, le Wauxhall et
le Panthéon; ce sont des lieux charmans
où l'on danse : les anglais ne manquent
point d'y aller; c'est pour eux une
sorte de gloire de s'y montrer avec leurs
courtisannes; ils affectent même de s'y
faire remarquer.

Parmi les plaisirs du peuple, qui sont
en assez grand nombre, et dont nous
avons donné une descriptions de plusieurs, le plus grand pour lui, c'est de
voir des combats d'hommes, ce qu'ils

appèlent *Boxing*. Ces combats sont
très fréquens entre les gens du peuple,
et quelquefois entre d'honnêtes gens,
qui, par forme de récréation, veulent
rosser ou être rossés.

La canaille est le juge né de ces
combats, qui ont des règles condition-
nelles, dont la première est, que le
combat dure jusqu'à ce que l'un
des champions s'avoue vaincu, soit en
demandant la paix, soit en restant à
terre sans se relever, et se refusant aux
secours des spectateurs, toujours prêts
à remettre le vaincu sur ses pieds; ces
combats se font à coups de tête et à
coups de poings. Les athlètes, en s'y
présentant, quittent leurs habits, souvent la chemise même : on distingue toujours, parmi les spectateurs de ces combats, des personnes de plus haut rang,
qui y font des paris considérables.

Quelque fois le peuple se divertit
d'une manière incommode, et où il y a

de l'insolence même; comme lorsqu'il pousse le balon à coup de pieds par les rues, et se plaît à casser les vîtres des maisons et les glaces des carosses qu'il rencontre sur son chemin ; ou quand, à l'occasion de certaines réjouissances, il se range en haie et balotte les passans, en se les poussant l'un à l'autre. Plusieurs de ses plaisirs marquent combien sa condition est douce et heureuse, puisque les grands mêmes ne dédaignent pas de les prendre en commun avec lui.

La ville de Londres qui, par l'élégance de ses boutiques, la richesse et la beauté des marchandises exposées à la vue des passans; qui par les magnifiques équipages et sans nombre, qui circulent daus cette capitale; qui par le nombre considérable de ses habitans qui vont et viennent sans cesse, et par les différens spectacles et amusemens qui s'y donnent journellement; cette ville immense qui, par tant de variétés, fascine les yeux de l'étranger, est le dimanche le séjour le plus triste et le plus monotone que l'on puisse voir dans l'univers entier. Ce jour là, les boutiques, les spectacles et toutes les maisons publiques sont fermés, tout jeu défendu, toute danse interdite : on ne peut ni chanter chez soi, ni jouer d'aucun instrument. Les papiers publics, aliment favori de la curiosité nationale, sont suspendus, les bateaux sont sans bateliers, et dans l'intervalle des offices, on voit chaque habitant attendre sur sa porte, les bras croisés, un nouvel office ou la fin du jour, sans autre amusement que celui de regarder les passans.

On distingue deux sortes de voleurs, *Foot-pads*, ou voleurs à pied, les plus cruels et les plus dangereux de tout ceux qui lèvent des contributions sur les passans; et les *Highway-men*, mot à mot, hommes du grand chemin, dont nous avons déjà parlé sous la dénomination de voleurs de grand chemin; ceux-ci n'ont rien dans leur disposition, de la férocité barbare des premiers ; au contraire, ils sont en général on ne peut pas plus polis, et emprunte votre bourse de la manière la plus rassurantes. Si par hasard ils attaquent de jolies femmes, ils les en tiennent quitte pour un baiser, souvent même rendent au voyageur épuisé, ce qu'il lui faut d'argent pour payer les barrières, ou boire un coup en continuant sa route : aussi est-il rare que l'on se défende contre ces chevaliers errans ; au contraire, on fait avec soins une petite bourse destinée aux *Highway-men*. Il est rare qu'ils ne demandent plus qu'on ne leur donne.

On se lève assez tard à Londres; la cause en vient sans doute de la mauvaise odeur du brouillard qui règne perpétuellement dans cette capitale. On passe environ une heure à prendre le thé en famille; ce sont ordinairement les jeunes demoiselles de la maison qui sont

chargées de servir le thé. Vers le midi,
les négocians vont au café, où ils passent
environ une bonne heure; car toutes
les affaires qui ne sont qu'ébauchées se
terminent dans des cafés répandus autour de la bourse : ils retournent ensuite
chez eux, où ils font quelques visites
d'affaires; vers les trois heures, ils vont
à la bourse; la bourse fermée, ils
passent encore quelque tems au café,
et de là ils vont dîner vers les six heures.
Le dîner termine la journée, dont ils donnent le reste à leurs amis ou aux spectacles
et divertissemens.

L'état du commerce s'annonce par
l'opulence des commerçans, par la
rapidité, par l'immensité des fortunes.
Le marchand, l'artisan, le cultiva-
teur, tout anglais enrichi par son industrie, ou attaché à la glèbe que lui
ont transmis ses ayeux, met communément sa gloire à mourir riche, à avoir
un bel enterrement, et à faire un tes-

tament dont les dispositions singulières
répandent au loin, dans les papiers publics, le bruit de son opulence; c'est
leur manière de jouir.

Le bœuf est la viande la plus usuelle
des anglais, et ils estiment cette viande
en proportion de la graisse dont elle est
chargée : les anglais mangent le bœuf
ou rôti ou bouilli, presque rouge ; c'est-
à-dire, qu'il n'est point, suivant eux,
totalement épuisé et dépouillé de ses sucs.
Celui qui sert de bouilli, ne passe sur le
feu que le tems nécessaire pour la cuisson, et l'on jette l'eau où il a cuit. Les
anglais ne mangent point de soupe; s'ils
en font quelquefois, pour des malades ou
pour des étrangers qui ne peuvent s'en
passer, le bœuf avec lequel ils l'ont faite
ne reparaît plus, au moins sur les bonnes
tables ; ils le jugent ni présentable ni
mangeable, parce qu'il se trouve alors,
par sa trop longue cuisson, dépouillé
de ses sucs. Ils préfèrent le bœuf rôti, qui

fait le grand plat sur la table du roi, aussi bien que sur celle de l'artisan, à la volaille, au veau et au mouton, qui n'a de mérite qu'une graisse d'autant plus frappante, que les bouchers ne détachent le suif d'aucune partie.

La bierre est la boisson ordinaire des anglais : celle que l'on appelle *ale*, fermente à peine dans l'estomac, elle est légère, pétillante, et elle agit sur la tête ; celle que l'on nomme le *porter*, passe pour très-forte ; elle porte moins à la tête qu'à l'estomac et au bas-ventre. Cette espèce de bierre n'a été très-longtems connue que des crocheteurs et des gens de places. Depuis que l'on a imaginé de la prendre comme spécifique contre la gravelle, le beau monde, les dames elles mêmes s'en sont permis l'usage.

Toute apparence d'intimité entre les deux sexes, cesse à la fin des repas. La conversation entre les hommes n'est en vigueur qu'au dessert ; car presque tous

les

les dîners forment des espèces de clubs. Alors, on lève la nape; on apporte différens vins : les femmes se retirent et passent dans l'appartement de la maîtresse de la maison, et là elles prennent le thé, et montent, de leur côté, une conversation. Les femmes étant dont retirées, la salle à manger suffisamment garnie de pots de chambre, chacun les coudes sur la table, se passant les bouteilles, boit et arrange l'Etat. Cette séance qui dure environ deux heures s'appelle le *toaster*. La conversation est coupée par les santés des présens et des absens. Parmi ces santés, celle de l'homme d'état et de la beauté la plus à la mode tiennent le premier rang.

Il n'y a point de ville où l'on trouve mieux qu'à Londres des preuves continuelles de tolérance mutuelle qui y règne entre toutes les sectes. Aucune nation n'y est étrangère, aucun particulier n'y est excommunié.

8.

Dans les sociétés savantes ou politiques, dans les clubs, aux assemblées publiques, chacun apporte sa religion : le même banc, le même rang de chaises réunit souvent cinq ou six sectes différentes, mêlées de gens qui ne tiennent à aucune; et tout cela s'arrange en paix avec une bonhomie et une cordialité qui ne se rencontrent pas toujours dans une assemblée de théologiens de la même communion.

Les plaisirs les plus ordinaires des habitans de Londres sont le vin, les femmes, le jeu, la débauche, en un mot. Ils n'y cherchent pas de finesse, du moins pas à l'égard du vin et des femmes qu'ils aiment à joindre ensemble, mais sans beaucoup de délicatesse ni d'agrément : on dirait qu'ils ne boivent précisément que pour boire. Il veulent que leurs courtisannes boivent de même; et ils sont charmés quand ils en trouvent quelques-unes qui leur tiennent tête. Ils font durer très-longtems, ces débauches et les poussent fort loin.

Les Anglais profonds, violens, outrés dans toutes leurs passions, portent celle du jeu à l'extrême : ils prennent sur les affaires, sur le repos, sur leur santé, le tems qu'ils lui donnent.

Lorsque les Anglais deviennent amoureux, c'est avec violence. L'amour n'est pas chez eux une faiblesse dont ils ayent honte ; c'est une affaire sérieuse et importante, dans laquelle il s'agit assez souvent de réussir, ou de laisser la raison ou la vie. Mais, pour l'ordinaire, quand ils cherchent les belles, ce n'est pas à des soins qu'ils veulent devoir les faveurs qu'ils en ont : paresseux jusqu'en amour, ils ne demandent que des plaisirs aisés ; chez eux une bonne fortune est celle qu'ils ont sans peine. La vérité et que Londres est la ville du monde où les débauchés paresseux trouvent le mieux de quoi se contenter. Ils ne connaissent presque pas de milieu entre une entière familiarité et un respectueux silence, et ils ne s'embarrassent de ce dernier que le moins qu'ils peuvent.

Les femmes se laissent aller aisément à la tendresse; elles ne se mettent pas beaucoup en peine de la cacher, et elles sont capables d'une grande résolution en faveur d'un amant : douces avec cela, presque sans finesse et sans art, elles sont naturelles dans la conversation, et sont peu gâtées par les douceurs des hommes qui ne leur donnent que la moindre partie de leur tems. En effet, la plupart leur préfèrent le vin et le jeu, en cela d'autant plus à blâmer que les femmes sont plus aimables à Londres que le vin n'y est bon.

Cependant il arrive souvent que les dames et les femmes anglaises, avec le ton de la grande douceur, avec un air de non-chalance, de froideur, de langueur, exercent un égal empire sur les

maris et sur les amans; empire d'autant
plus assuré, qu'il est établi et maintenu
par une complaisance et une soumission
qui ne se démentent jamais. Cette complaisance, cette soumission, cette douceur, sont d'heureuses vertus de tempérament que la nature a placées chez elles,
pour servir de masque à tout ce que le
caractère anglais a de plus altier, de plus
fier et de plus impétueux. Les passions
en général, et celle de l'amour en particulier, prennent la teinte de ce caractère.
Ces passions sont d'autant plus violentes
qu'elles sont concentrées, et qu'elles
se montrent moins au dehors. De là ces
mariages mal assortis et si communs en
Angleterre, dans tous les états. L'âge de
vingt et un an y décide la pleine majo-
rité. Les personnes de l'un et de l'autre
sexe qui se trouvent, à cet âge, maîtres
de leurs droits, par la mort de leurs
parens, ne consultent communément
que leur cœur pour le choix d'une
moitié. Les jeunes gens qui ont encore

leurs parens, ne peuvent s'établir sans leur agrément; mais on le supplée par la clandestinité, en bravant les lois qui les réprouvent. L'histoire d'Angleterre offre une foule d'exemples aussi illustres que nombreux d'alliances peu assorties, con-tractées dans un âge mûr, et à l'abri de la séduction : exemples qui semblent justifier celle que se permit la célèbre Marie Stuard.

La part qu'ont les femmes au sérieux et à la mélancolie nationale, en les ren-dant sédentaires, les attache à leurs maris, à leurs enfans et à leur ménage. En général elles nourissent elles-mêmes leurs enfans; et cet usage est un nou-veau lien pour les mères. L'intérêt que prennent les Anglaises aux affaires pu-bliques, répand dans le domestique un nouvel agrément; le mari y trouvant toujours quelqu'un avec qui il peut traiter à cœur-ouvert, aussi longuement et aussi profondément que bon lui semble, les objets qui l'intéressent le plus.

La mélancolie chez les Anglais produit en eux un dégoût de la vie; ils se donnent la mort aussi facilement qu'ils la reçoivent. On entend fréquemment parler de personnes de l'un et de l'autre sexe qui se dépêchent, comme ils le disent, le plus souvent pour des raisons qui chez toute autre nation paraîtraient une bagatelle. Le mois de novembre est celui par excellence où les Anglais, ennuyés de la vie, s'en défont comme d'un fardeau incommode; ils l'appellent le mois sombre et lugubre, *gloomy month*. Les lois de l'Angleterre ecclésiastiques et civiles, anciennes et modernes, sont encore plus rigoureuses contre le suicide, que celles des autres pays. Comme elles avaient à combattre le goût national pour ce péché, elles ont aggravé les peines imaginées ailleurs pour en arrêter le cours. Mais *nature passe loi* :

les lois contre le suicide n'ont pu en vaincre l'habitude chez les Anglais : d'où l'on a conclu qu'il le fallait regarder, moins comme une affaire de goût et de choix, que comme une maladie plus a plaindre qu'à punir.

Il n'y a point de villes dans l'univers où il y ait plus de filles entretenues et de filles publiques qu'à Londres; elles paraissent inquiéter fort peu la police. Voici une des causes qui forcent tant de jeunes personnes à se livrer à ce métier infâme. L'état des ministres (ministre veut dire chapelain) est proportionnelle-ment un état très-honnête. Pour soutenir l'honneur de leur rang, les ministres anglais montent leur maison, et élèvent leurs enfans d'une manière proportionnée à leur revenu annuel, souvent même à leurs prétentions à un meilleur bénifice. Le ministre venant à mourir, il ne reste à ses enfans que des dettes, avec l'impuissance de gagner leur vie par leur

travail et par mille moyens honnêtes,
mais que le système de leur éducation
les a accoutumés à regarder comme au-
dessous d'eux. Dans ce désastre, la
condition des filles est plus à plaindre;
ne pouvant se résoudre à travailler,
rougissant de mendier, elles cherchent
dans le libertinage une vie qui, les dis-
pensant du travail, les sauve de la men-
dicité, au moins dans le début.

Les Anglais ont une forte prévention
pour l'excellence de leur nation, et cette
prévention influe dans leurs discours et
dans leurs manières. Ils sont, en général, instruits et très-studieux; mais
leur caractère est altier, fier, impétueux, sombre et mélancolique.

Les Anglais réussissent dans les sciences et sur toutes sortes de sujets: il est
peu de nations qui aient produit autant
qu'eux un aussi grand nombre de bons
écrivains. Cela ne paraît pas surprenant, ils se sentent libres ils sont à
leur aise, ils aiment à faire usage

de leur raison ; ils négligent cette politesse dans le discours et cette attention aux manières, qui dissipent et rendent l'esprit petit. Une de leurs prétentions, c'est qu'il doit se trouver chez eux plus d'esprit, ou l'esprit d'une meilleure sorte que partout ailleurs. Je crois que ce qu'il y a de vrai en cela, c'est que parmi les Anglais il y a des gens qui pensent plus fortement, et qui ont de ces pensées fortes en plus grand nombre que les gens d'esprit des autres nations, mais il me paraît que d'ordinaire le délicat et le naïf leur manquent, et que leurs ouvrages d'esprit sont sur chargés de pensées.

Les Anglais appellent quelquefois *wit* la vivacité et la légèreté de l'esprit, et *humour* l'originalité piquante ; ce genre d'esprit est souvent un grand ennemi de la délicatesse. Ce genre de composition est ordinairement celui du ridicule : la bile la plus âcre, le fiel le plus amer, d'atroces vérités y tiennent lieu du badinage et de la gaîté

Les anglais, pour l'ordinaire, ont de grandes vertus ou de grands défauts, et assez souvent l'un et l'autre : ils ont du bon sens, mais il est entremêlé de boutades ; ils ont le cœur grand, et leurs inégalités les mettent aussi souvent au-dessus des autres nations qu'au dessous. La plupart ont de l'imagination. Ils parlent peu, et presque tout ce qu'ils disent est sentiment. Ils font des réflexions, et connaissent d'autant mieux le prix des choses, qu'ils les regardent par leur propres yeux et osent s'en rapporter à eux-mêmes pour en juger.

Il n'est point de villes dans l'univers où les beaux arts et les sciences soient plus encouragés qu'à Londres : il s'y fai perpétuellement des associations qui ont les sciences, les lettres et les arts pour objet. Ces associations sont formées par le patriotisme qui leur fournit abondamment toutes les ressources et tous les encouragemens : aussi les Anglais possèdent ils des chef-d'œuvres dans tous les genres, dignes de l'admiration des étrangers.

Il n'est pas non plus de villes où il se fait autant d'actes de bienfaisance qu'à Londres. Une foule de souscriptions s'ouvrent et se remplissent chaque jour pour secourir l'indigence, pour réparer des malheurs imprévus, pour aider aux développemens d'idées et de vues qui offrent quelqu'objet d'utilité.

Il me reste à assurer mes compatriotes étrangers, qu'ils peuvent entièrement se reposer sur la vérité des descriptions et définitions contenues dans ce petit ouvrage, et que les caractères en sont tracés d'après nature, sans addition et diminution ; et que mes avis ne proviennent que de mon intérêt sincère pour la prospérité des hommes et leur progrès dans la vertu, dans laquelle consistent le véritable bonheur et la suprême dignité de la nature humaine.

FIN.

TABLE DES MATIERES.

FIN DE LA TABLE.

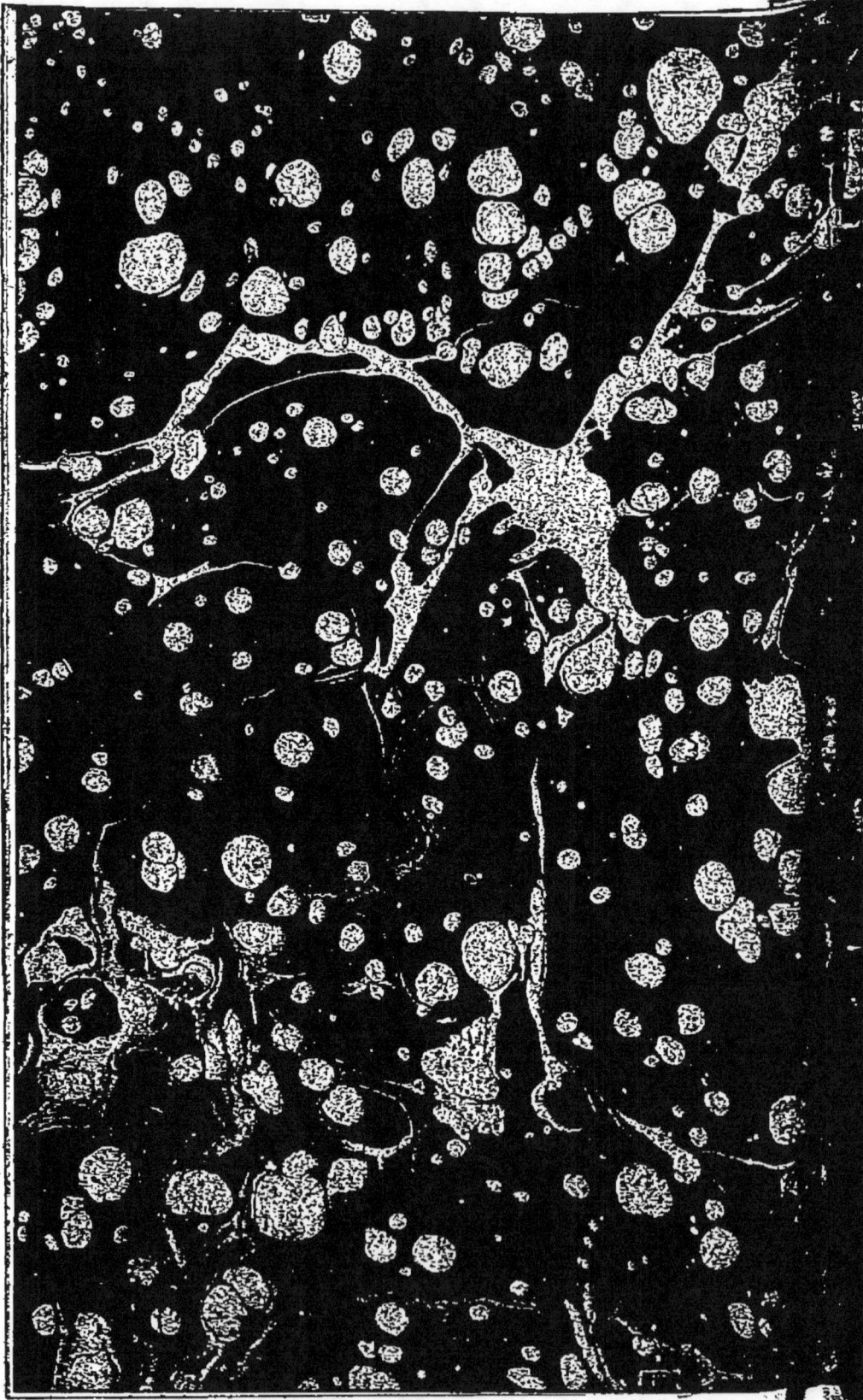

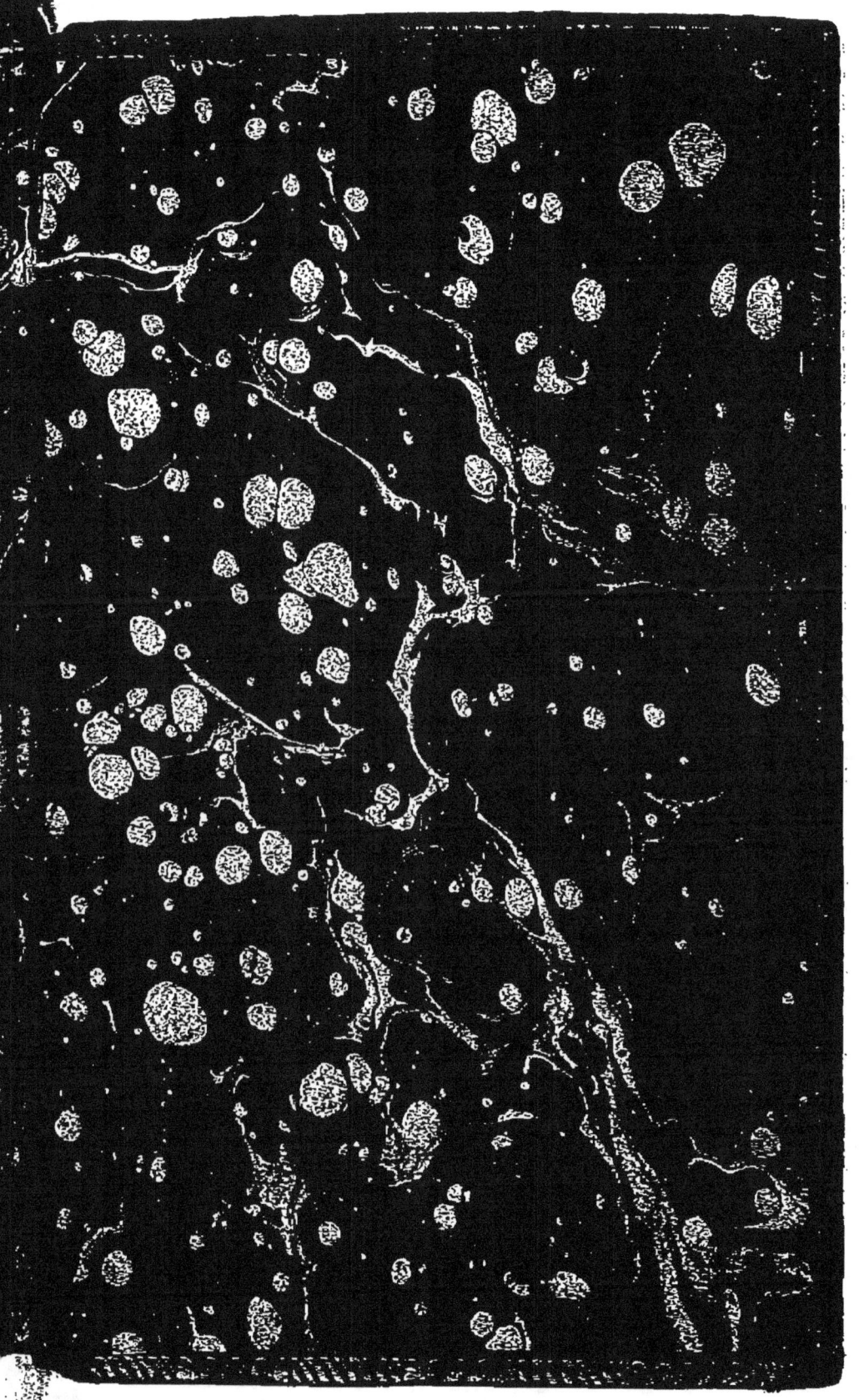

www.ingramcontent.com/pod-product-compliance
Lightning Source LLC
Chambersburg PA
CBHW051829020726
47502CB00005B/1699